Anna Seghers

# Überfahrt
Eine Liebesgeschichte

Aufbau Taschenbuch Verlag

ISBN 3-7466-5170-0

2. Auflage 1997
Aufbau Taschenbuch Verlag GmbH, Berlin
© Aufbau-Verlag Berlin und Weimar 1971
Umschlaggestaltung Torsten Lemme
unter Verwendung einer Illustration von Antje Kahl/PEIX
Satz LVD GmbH, Berlin
Druck Elsnerdruck GmbH, Berlin
Printed in Germany

»Mit einer Abfahrt ist nichts zu vergleichen. Keine Ankunft, kein Wiedersehen. Man läßt den Erdteil endgültig hinter sich zurück. Und was man dort auch alles erlebt hat an Leiden und Freuden, wenn die Schiffsbrücke hochgezogen wird, dann liegen vor einem drei reine Wochen Meer.« –

Ich sagte nichts zu meinem jungen Mitreisenden. Wahrscheinlich hatte er seine Gedanken nur vor sich selbst ausgesprochen. Ich kannte ihn erst seit zwanzig Minuten. Ich hatte hinter ihm gewartet bei der Kontrolle unserer Papiere. Dabei hatte ich festgestellt, daß er wie ich unser polnisches Schiff, die »Norwid«, in Rostock verlassen würde. Er war Arzt – das hatte ich gleichfalls bei der Kontrolle mitbekommen. Sein Spezialfach war Innere Medizin. Er studierte auch Tropenmedizin, in einzelnen Kursen. Daher war er zu einem Kongreß nach Bahia gefahren. Der Purser hatte ohne Beanstandung gleichgültig genickt.

Was meinem Mitreisenden offenbar Spaß machte, die lange Seefahrt, die uns bevorstand, war mir zuwider. Ich hätte gern so rasch wie möglich meine Familie wiedergesehen. Man hatte mich aber nun mal für diese Reise gebucht. Mit dem Flugzeug war ich gekommen. Die Reparatur, der Zweck meiner Fahrt nach Rio Grande do Sul, war schnell erledigt gewesen. Senhor Mendez, der voriges Jahr meiner Firma die Landmaschinen abgekauft hatte, stand kopf vor Erstaunen über unsere Zuverlässigkeit, denn ich war vertragsgemäß vier Wochen nach der

Beschwerde auf seinem Rancho erschienen. Nämlich, meine Kollegen daheim wußten, daß ich mit meiner Frau und den zwei Mädelchen in die Tatra gefahren war. Sie hatten keine Bedenken gehabt, mich aus dem eben begonnenen Urlaub herauszutelegrafieren, obwohl sie selbst daran schuld gewesen waren, daß die Maschinen statt unter Dach und Fach unter freiem Himmel lange auf den Transport gewartet hatten.

Mein Direktor hatte mir auch noch ins Gewissen geredet – am Telefon ins Gewissen, denn ich war in der Nähe von Prag, so daß ich das Flugzeug sogleich besteigen konnte – ich sei es unserem Staat schuldig, sofort nach Brasilien zu fliegen, damit die dort wissen, daß unsere Republik streng ihre Verträge einhält.

Das ging aber alles den Jungen, der neben mir stand, nichts an. Er kam mir ziemlich sonderbar vor. Man braucht nicht gleich einem Fremden zu erzählen, was einem durch den Kopf geht.

Er sagte: »All die Leute an Bord, all die Leute an Land, die sich noch irgendwas zurufen müssen! Wie sie sich zuwinken, die naßgeweinten Taschentücher zerknautschen! Und ich, ich bin stolz, daß an dieser Küste kein Mensch mehr für mich existiert zum Abschiednehmen. Alles ist endgültig vorbei, wenn man die Schiffsbrücke hochzieht.« –

»Warum zieht man sie noch nicht hoch?«

»Weil noch etwas angefahren wird. Sehen Sie da drüben den Kran? Jetzt streckt er noch mal seinen Greifer aus. Er setzt auf unserem Schiff noch ein paar Körbe ab. Der Koch, sehen Sie, nimmt alles selbst in Empfang. Wahrscheinlich hat er auf dem nächsten Straßenmarkt in letzter Minute die Reste billig zusammengekauft. Papayas, Guajavas, Orangen, Bananen, Ananas, Avocados. Die Früchte dieses Landes.«

»Ich hoffe, er hat uns auch ein paar Winteräpfel aufbewahrt. Zur Vorbereitung auf daheim, für die letzte Woche.«

»Ich kenne diesen Koch. Er war auf meiner letzten Reise dabei. Die mußte ich auch zu Schiff machen. Ich fuhr auf der ›Joseph Conrad‹. Ich überwachte damals einen empfindlichen Transport. Dieser Koch ist ein überaus sparsamer Mensch. Vielleicht hat er einmal irgendwo an der Ostsee ein Wirtshaus betreten.« –

Inzwischen war das Erwartete geschehen: Die Schiffsbrücke war hochgezogen. Der Lotse brachte uns aus dem Hafen. Zwischen breiten und schmächtigen Schiffen aller Länder der Welt. »Dann wird er uns dem Meer überlassen«, sagte der junge Mensch in dem ihm eigenen Ton, als sei alles wichtig, was er mitteilen mußte, »was uns dann widerfährt, daran wird er keinen Anteil mehr haben. Er leitet dann schon ein anderes und wieder ein anderes Schiff aus dem Hafen –« Er brach plötzlich ab. »Verzeihung, ich heiße Ernst Triebel.«

Ich sagte: »Franz Hammer. Ich bin Ingenieur.«

»Ich bin Arzt. Das heißt, ich habe gerade mein Studium beendet.«

Der Schiffsjunge gongte zum Essen.

Weil wir Cargo fuhren, nämlich Kaffee nach Polen und nach der DDR, gab es auf unserem Schiff nur ein paar Kabinen für Passagiere.

Wir setzten uns rasch um unsere zwei Tische herum. An einem dritten Tisch saßen der Kapitän, sein Erster Offizier und sein Erster Ingenieur. Ich entdeckte hinter einem Pfeiler noch ein winziges Tischlein. Es war für eine einzelne Frau bestimmt. Eine kräftige, warm und braun gekleidete Nonne. Sie hatte sich wohl das Recht ausbedungen, allein ihre Mahlzeiten einzunehmen. Zu ihr gehörte offenbar als Begleiterin die ältliche, magere, langröckige Frau an meinem eigenen Tisch. Denn die stand oft auf, schlüpfte hinter den Pfeiler und fragte die Nonne nach einem Wunsch. Ich konnte ihr Tun leicht verfolgen, denn sie saß an der Schmalseite des Tisches, und ich war an der Längsseite der letzte. Der Passagier, der neben mir saß, trug den Arm in der Schlinge. Das schien aber seine gute Laune nicht zu verderben. Seine listigen hellblauen Augen gingen unglaublich schnell von einem Passagier zum anderen. Wie sich alsbald herausstellte, sprach er Polnisch und Deutsch, Portugiesisch und Spanisch, Französisch und Englisch und weiß der Teufel was noch. Er drehte auf einmal den Kopf und stellte sich vor: »Sadowski.« Er bat mich ohne viel Federlesens, ihm das Essen auf den Teller zu legen und das Fleisch zu schneiden. Er hätte sich, schon an Bord, den Arm ausgekugelt, als er jemand half, sein Gepäck zu heben. Der Zweite Offizier, der auch als Schiffsarzt fungierte – denn auf kleinen Schiffen wie unserem gab es keinen besonderen Schiffsarzt –, hatte ihm gleich den Arm wieder eingerenkt. »Bei der Ankunft muß er heil sein«, sagte Sadowski. »Ich bin Techniker. Ich habe schon meine Stelle in Gdynia. Ich habe zehn Jahre mit mir gekämpft: Soll ich heimfahren? Ich möchte noch mal meine Mutter lebend wiedersehen. Und gleich das Pech in den ersten fünf Minuten. –

Drehen Sie sich bitte mal heimlich um«, sagte er kurz darauf – er sprach nicht nur alle möglichen Sprachen, er kannte sich auch unglaublich geschwind in den Schicksalen der Mitreisenden aus –, »gleich hinter Ihnen am anderen Tisch sitzt eine alte verschrumpelte Frau, die war jahrzehntelang in Brasilien. Sie kam mit der polnischen Familie, die sich beim Abschied halbtot geweint hat. Schon die kleinen Kinder dieser Familie hat sie großgepflegt bis zur Heirat. Und aus Dankbarkeit gab ihr die Familie auf die Heimreise allen Plunder mit, den sie hier nicht mehr braucht, alles Wollzeug, aus drei Generationen. Wahrscheinlich ist die Herrschaft in Brasilien reich geworden. Sie hat ihr aber erklärt, die ausrangierten Sachen seien nötig in unserem bitterkalten Polen.«

Als ich mich nach dem Nachbartisch umdrehte, erblickte ich sofort diese alte Frau. Sie trug eine blaue Wollmütze. Mein Blick fiel auch auf Triebel. Er machte mir ein Zeichen: Nachher.

Sadowski sagte: »Die braune Nonne, die Karmeliterin,

war nur ein paar Wochen in Brasilien. Sind Sie nicht schon von Bahia her mit ihr gefahren? Sie hat in dem prächtigen Haus gewohnt, das ihrem Orden gehört – Sie hat wahrscheinlich eine Unmenge unseres Geldes verschoben.« Er sagte schon »unseres«. »Eine Menge hübscher heiliger Mädchen ist um sie herumscharwenzelt mit Abschiedsgeschenken, keine Nonnen, sondern Kinder, noch zu jung, um sich zu vermählen mit einem irdischen oder himmlischen Bräutigam.«

Er brach ab und redete auf polnisch mit dem blondgezopften Mädchen an seiner andren Seite. Die Mutter, auch blond, saß zwischen Tochter und Sohn. Ich dachte: Dieser Sadowski weiß sicher bereits, warum sie unterwegs sind. Und ich war eifersüchtig, weil er Jahr und Jahr auf diesem Erdteil gelebt hatte und nichts verlernt von seiner Muttersprache. Würde ich auch nicht, so dachte ich dann. Seine eigne Sprache verlernt man nie.

Sadowski erzählte mir alsbald, was er von diesen Leuten wußte. Der Vater der Kinder war Konsularbeamter. Sie gingen in Rio in eine portugiesische Schule. Zugleich gab ihnen die Mutter polnischen Unterricht. Ihr Koffer war voll polnischer Schulbücher. Vor dem Ende der Ferien fuhr sie heim mit den Kindern, damit die in Krakau ihre Examen machten. Fuhr der Vater endgültig heim, konnten sie ohne Schwierigkeiten jeden Beruf erlernen.

Ich lobte die Frau. Nur ihre Beharrlichkeit mache den doppelten Unterricht möglich. Sadowski übersetzte mein Lob. Die Frau sah ein wenig hart aus. Ihr Gesicht wurde aber hell vor Freude bei meinem Lob.

Wir bekamen unsren Nachtisch aufgetragen: Ananas, so zubereitet, wie es hierzulande üblich ist. Die Frucht wird zuerst ausgehöhlt, so daß sie wie ein Gefäß auf dem Teller steht. Das Fruchtfleisch wird in kleine Würfel zerhackt und die Schale, das Gefäß auf dem Teller, damit gefüllt.

Ich dachte mir, das ist zuviel Mühe für unseren Koch. Mal sehn, wie lang er es aushält.

Das ältliche bescheidene Fräulein an der Schmalseite des Tisches rührte ihre Ananas gar nicht an. Sie trug sie sofort zu der braunen Nonne. Die bedankte sich fröhlich und fing augenblicklich zu löffeln an. Das Ehepaar, das mir gegenübersaß, flüsterte miteinander. Ich nahm an, ihre Absicht, dieser Nonne Ananas anzubieten, hatte sich als überflüssig herausgestellt. Darum begannen beide begierig, ihre Schalen auszulöffeln und dann noch auszukratzen.

Sadowski beugte sich zu mir und flüsterte, der kleine runde Ehemann sei ein berühmter Sänger in Polen. Jetzt hätte er Gastspiele in Brasilien gegeben, in Rio und in São Paulo. Er sei selbst in Rio dabeigewesen. Die ganze polnische Kolonie hätte geweint. Er hätte nichts vom heutigen Tag gesungen, keine Lieder, welche die Herzen spalten, sondern alte Gesänge, die die Herzen zusammenschmelzen, auch manche frisch vertonte Gedichte, zum Beispiel von Norwid, ob ich den kenne. Ich sagte: »Nein. Nie gehört.« – »Ein Jammer. Den kenne ich sogar, auch wenn ich bloß ein Elektriker bin. Unser Schiff ist nach ihm benannt. Aber Joseph Conrad, den kennen Sie doch?«

Ich wagte nicht, noch mal nein zu sagen, bei uns in der DDR seien diese Schriftsteller nicht sehr bekannt. Ich überlegte schnell, da ich wenig lese, habe ich vielleicht einfach nichts von ihm gehört. Darum sagte ich: »Ja, gewiß.« – »Viele Menschen«, sagte Sadowski, »glauben, Conrad sei Engländer. Er war aber Pole. Er wurde Seemann, und dann ging er nach England.« Ich fragte: »Warum?«, weil ich glaubte in meiner Unwissenheit, der Mann hätte, wie viele andre, sein Land verlassen, um nach dem Westen überzusiedeln. Sadowski fuhr aber fort: »Joseph Conrad war ganz versessen auf Schiffe. Damals stieß Polen noch nicht ans Meer. Als er auf einer Reise mit seinem Hauslehrer das Meer erblickte und zum erstenmal Umgang hatte mit Seeoffizieren, da war es für ihn ausgemacht, was für einen Beruf er wählen müsse. Er hat an Bord und an Land sein Lebtag Romane geschrieben, die auf der See spielen. Übrigens hat er nie aufgehört, Polen zu lieben, auch als er in England lebte.«

Ich nahm mir fest vor, mir gleich nach der Ankunft ein Buch von Joseph Conrad zu kaufen, falls man ihn wirklich bei uns druckt. Sadowski sagte: »Jetzt wäre Joseph Conrad ganz glücklich, weil ein großes Stück Meer zu uns gehört.«

Ich dachte mir, wie sonderbar stolz dieser Sadowski auf sein Stück Meer ist. Dabei hat er sich jahrelang überlegt, ob er nach Polen zurück soll.

Ich ging nach Tisch in meine Kabine. Der Mensch, mit dem ich sie teilte, hatte am Nachbartisch hinter mir gegessen. Jetzt lag er auf seinem Bett und starrte mich grußlos an. Mein Erscheinen verdroß ihn. Freundlich waren die Leute bei Tisch gewesen, in seinem bösen und stummen Gesicht war aber zu lesen: Ob du aus Rostock stammst oder aus Frankfurt am Main, du hast meine Brüder ermordet. Ich konnte kein Polnisch sprechen und außerdem nicht mit der Tür ins Haus fallen und ihm sagen, die Nazis hätten meinen Vater in einem KZ zugrunde gerichtet, und außerdem war ich im Krieg ein Kind und Polen hätte ich nie gesehen. Ihm zu erklären, warum ich auf einem polnischen Schiff fuhr, hätte ein langes, ihm unverständliches Gerede gegeben.

Da er nicht aufhörte, mich böse anzustarren, verließ ich bald die Kabine. Ich ging an Deck. Ein Schimmer Küste war noch sichtbar. An dem Platz, an dem ich ihn morgens getroffen hatte, stand mein junger Reisegefährte Ernst Triebel. Im Gegensatz zu dem, was er über »Abschied« verlauten ließ, starrte er unausgesetzt auf den Küstenstreifen, der vielleicht schon Nebel war. Über uns kreisten die Möwen, oder wie hier die Seevögel hießen. Sie konnten noch immer zurückfliegen.

»Waren Sie auf der Industrieausstellung in São Paulo?«

»Ich hatte dazu keine Zeit, denn ich mußte eine dringende Reparatur in Rio Grande do Sul besorgen. Ich flog mit dem Flugzeug hin, weil es furchtbar eilte. Und jetzt fahre ich zurück mit dem polnischen Schiff, das zufällig um diese Zeit abgeht.«

»So war das also mit Ihnen«, sagte Ernst Triebel, »mit mir war es anders.«

»Gewiß. Es ist anders bei jedem.«

»Bei mir war es ganz besonders.«

»Jeder glaubt, bei ihm sei es etwas Besonderes.«

»Es gibt Besonderheiten, die schwer zu ertragen sind. Zum Beispiel meine. Die hab ich fast nicht ertragen. Jetzt, wenn ich denke, wie still es die nächsten Wochen sein wird, dann fühle ich, diese besondre Sache kann vorübergehen. Sie kann vorübergehen, aber das ist noch nicht sicher. Ich weiß nicht einmal, ob sie wirklich vorübergehen soll. Ich meine, im Erinnern.«

»Glauben Sie wirklich, daß all diese Vögel heimfliegen?«

»Alle. Das weiß ich. Das ist schon meine dritte Reise. Das erstemal fuhr ich, ein kleiner Junge, mit meinen Eltern mit dem Norddeutschen Lloyd nach Brasilien. Vor zwei Jahren fuhr ich von Gdynia nach Santos. Jetzt kam ich zwar mit dem Flugzeug, aber ich muß auf dem Schiff zurück. Wahrscheinlich zum letztenmal.« –

»Darauf kann man nicht schwören. Ich sicher nicht. Wenn mein Betrieb in diesem Land wieder etwas montiert. Ihnen kann es auch so gehen.« Ich hatte das Gefühl, daß der junge Mensch gerade jetzt das Bedürfnis hatte, sich auszusprechen. –

»Das erstemal fuhren wir kurz vor der Kristallnacht, wenn Sie wissen, was das ist.«

»Ja, ja. Gewiß. Das hab ich in der Schule gelernt. Etwas Schlimmes mit den Juden.«

Ich war zufrieden, daß ich ihm schneller antworten konnte als dem Sadowski auf seine Frage nach Joseph Conrad.

»Mein Vater war kein Jude«, sagte Triebel. »Er hatte aber Angst, meine Mutter könnte von ihm getrennt werden. Er liebte sie sehr. Ein Glück, daß ihr Bruder schon damals in Rio lebte und uns Visen geschickt hatte und Billetts.«

»War Ihre Mutter schön?« –

»Damals, als mein Vater endgültig den Entschluß faßte abzufahren, sah ich sie wohl zum erstenmal richtig an. Sie glich den Mädchen und Frauen aus Tausendundeiner Nacht. Ich konnte plötzlich verstehen, warum mein Vater ihrethalben weit wegfuhr. Darin bestand aber nicht allein seine Liebe. Sie steckt tief in einem drin, die Liebe. Und bleibt doch verbunden mit etwas, was sichtbar ist. Das macht an der Liebe das Seltsame aus. Verstehen Sie?« –

»Die Möwen sind immer noch da, obwohl man nichts mehr sieht von Küste.«

»Sie kommen wahrscheinlich von der großen Insel Fernando da Cunha. Nachts fährt unser Schiff da vorbei. Auf dieser Insel sperren die Brasilianer ihre Gefangenen ein.« –

Im selben Moment kam ein junger, fröhlicher Mensch die Treppe heruntergesprungen, auf uns zu. Triebel sagte: »Mein Tischnachbar. Günter Bartsch.«

Der Junge, sein ganzes Wesen war fröhlich und flink, sagte mehr zu Triebel als zu mir: »Kommen Sie gleich rauf. Durch das Radar sieht man schon ein Stück Insel.«

Die Passagiere standen bereits in einer Reihe. Der Opernsänger, Sadowski, der erboste Pole aus meiner Kabine, die Nonne, die blaumützige Kinderfrau, die Konsulin, ihre zwei Kinder. Vielleicht noch ein paar, die ich nicht kannte. Jetzt auch der junge Mann Günter Bartsch, Triebel und ich. Ein Offizier stellte, mit einer Erklärung auf polnisch, das Radar ein. Einer nach dem anderen sah auf blankem Glas einen Fleck mit Zacken.

Ich hatte noch nie durch ein Radar gesehen. Wußte nur, daß jemand ständig durchsehen muß, damit das Schiff nicht auf einen Felsen stößt oder auf eine Insel.

Sadowski sagte: »Das Unglück mit dem italienischen Dampfer passierte, weil der Eisberg bereits zu nah war, um das Schiff zu wenden. Der Kapitän wird nie wieder fahren dürfen. Obwohl natürlich sein Offizier die Hauptschuld hat. Er sah nicht ständig durch das Radar. Er war bei seinem Kollegen, dem Telegrafisten. Niemand ahnte, daß der Eisberg so tief kommt. Das stellte sich alles erst vor dem Seegericht raus.«

Nachdem wir alle den zackigen Fleck auf hellem Grund betrachtet hatten, gingen Triebel und ich hinunter. Im Abenddunst tauchte bald die wirkliche Insel auf. Wir fuhren nach dem Essen an einem felsigen Vorgebirge vorbei. Mir schien, die Insel weiche uns aus und treibe dann wieder auf uns zu. In den Bergspalten glimmten bereits einige Lichter.

Dann fiel die Nacht herunter. – Da mir die Kabine zu stickig war, stand ich nach ein paar Stunden auf und ging an Deck. Triebel stand an seinem alten Platz, als hätte er ihn gar nicht verlassen. Ich sah ihn von der Seite an. Er sah dem letzten, kaum sichtbaren, fast schon verschwundenen Vorsprung der Insel nach, als ob es ihn schmerze.

Er sagte: »Das war das letzte Stück von Amerika.« Er fügte hinzu, weich, wie man zu einem kranken Kind spricht, aber er sprach zu sich selbst: »Wenn wir das Leuchtfeuer von der Bretagne sehen, kommen wir in Europa an. Dazwischen ist Meer. Drei Wochen.« Er schien mir nicht mehr so hell begeistert von diesen drei ganz freien Wochen. –

Ich fragte, nur um ihn abzulenken von irgend etwas, was ihn bedrückte: »Als Sie das erstemal nach Rio fuhren, fuhren Sie auch an der Insel vorbei?«

Er sagte müde: »Wahrscheinlich. Ich war noch ein Kind und gab darauf nicht acht. Das Schiff war von Auswanderern vollgestopft. Vater und Mutter sprachen meistens heftig allein. Sie haben sich sicher gegenseitig getröstet. Sie konnten beide die Abfahrt einfach nicht fassen. Wir waren vier in der Kabine. Außer uns dreien gab es noch einen großen Jungen. Der lehrte mich Schachspielen.

Mein Onkel, den ich nicht kannte, der Bruder meiner Mutter, war damals stellvertretender Direktor einer Lungenheilanstalt. Die lag nicht weit entfernt von Rio.

Bei der Ankunft starrten wir alle die ungeheure, die rasende Stadt an. Es wäre uns schlecht ergangen, wenn nicht im Augenblick der Landung der Onkel aufgetaucht wäre. Er küßte meine Mutter. Meinen Vater begrüßte er ziemlich kalt. Ihr gemeinsames Studium hatte er längst vergessen. Ich glaube, er klopfte mir auf die Schulter.

Mir war sogleich bange vor dem Onkel, obwohl er sicher ein Arzt war wie alle Ärzte. Ich merkte auch irgendwie, hier herrschten Gesetze, die alles zermürbten. Die Zeit selbst unterstand einem solchen Gesetz. Zum Beispiel, ich habe wahrhaftig bis heute nicht mehr an den Jungen gedacht, der mit uns in der Kabine war und mich Schachspielen lehrte.

Ich hielt mich an meiner Mutter fest. Der Onkel ging mit uns aufs Zollamt. Man nennt es Alfândega. Das ist ein arabisches Wort. Es ist in Rio eine unermeßliche Halle, in der es von Ankömmlingen und ihrem Gepäck wimmelt. Am meisten erstaunten mich die vielen Neger und die Gruppen von Mönchen. Die hatten wahrscheinlich soeben ihr italienisches Schiff verlassen. Ihre Sprache, wie eine Glocke, klang zwischen vielen Sprachen.

Da mein Onkel portugiesisch sprach wie ein Portugiese und eine hochfahrende Miene zeigte, bekamen wir schnell unser Gepäck.

Wir aßen dann irgendwo. Mein Onkel, der jetzt die Macht hatte, eröffnete uns, nicht als Vorschlag, sondern als ruhigen Befehl, er fahre mit meinen Eltern nach diesem Sanatorium. Dort sei der künftige Arbeitsplatz meines Vaters. Es gäbe ein Zimmer für Vater und Mutter. Mich aber würde er gleich in das vorzügliche englische Internat bringen, in dem auch seine Jungens lernten. Es sei hier unglaublich schwer, auf einer höheren Schule Platz zu finden. Aber er hätte Glück gehabt. Die Direktorin, Frau Withaker, hätte seine Söhne aufgenommen. ›Und jetzt nimmt sie auch dich auf, Kleiner, denn ihren Sohn untersuche ich dauernd, so daß sie in einem gewissen Sinn von mir abhängt.‹

Als meine Mutter schüchtern fragte: ›Kann er nicht mit uns? In unser Zimmer?‹, sagte mein Onkel: ›Unmöglich.‹

Wir waren alle drei bestürzt. Der Onkel sagte auch: ›Habt ihr keine Zeitung gelesen? Ihr könnt Gott danken, daß ihr hier seid. Sei nicht zimperlich, Hanna.‹

Was hätten wir tun können? Das kleine Haus, in das uns der Onkel fuhr, sah sauber aus. Frau Withaker empfing uns kalt. Als meine Mutter mich küßte, weinte ich bitterlich. Ich weiß noch, daß ich während des Abendessens im leeren Schlafzimmer blieb.

In unserem Zimmer wohnten wohl ein Dutzend Knaben. Auch einer der Vettern. Doch meine Vettern behandelten mich als Außenseiter. Ich konnte weder Englisch noch Portugiesisch, und ich wurde oft ausgelacht. Ich dachte andauernd, wann mich meine Mutter wieder besuchen würde. Sie kam nach ein paar Tagen. Wir waren zusammen glücklich. Kurz darauf ist etwas geschehen, was meine Jugend verändert hat. Stört es Sie, wenn ich es Ihnen noch schnell erzähle?« –

Ich spürte stark, er mußte weitersprechen. Darum sagte ich: »Nein, nein. Erzählen Sie bitte alles.«

Das Abendlicht flutete über die See. Zwei Fluten mischten sich, die eine, die schwärzlichblau war, bereits mit dem Abglanz der Sterne, die andere unruhig und hell, vielleicht noch durchspült vom Schaum der Insel. Da das Schiff schwankte, entstanden beständig vor unseren Augen Himmel und Meer.

Ich hätte viel lieber alles ruhig betrachtet, ohne Worte, ohne Stimme, doch Ernst Triebel fuhr fort: »Ich wartete lange umsonst auf den Besuch meiner Mutter. Sie schrieb mir ein paarmal, sie sei krank. Eines Tages erschien mein Vater. Ich sah ihm gleich an, was geschehen war. Er führte mich auf die Straße. Wir gingen hin und her und setzten uns dann auf eine freie Bank. Wir schwiegen.

Schließlich sagte mein Vater: ›Es war ein schwerer Typhus. Sie hat sich angesteckt!‹

Ich sagte: ›Sie lebt also nicht mehr.‹ –

›Sie lebt nicht mehr‹, sagte mein Vater, und auf einmal, als sei ich jetzt ganz erwachsen, statt mich zu trösten – auf diesen Gedanken kam er gar nicht –, schüttete er mir sein Herz aus. Und während er mir meine und seine Zukunft ausmalte, setzte sich ein sehr dunkler Mulatte, oder war es ein Neger, auf unsere Bank. –Ich kann mich noch gut an den Mann erinnern, er probierte ein seltsames Instrument aus, das ich noch nie gesehen hatte. Mir war es, als ob seine Melodie die traurigen, aber entschiedenen Worte meines Vaters begleitete. Mein Vater sagte, nach Mutters Tod halte er es um nichts in der Welt in diesem Sanatorium aus. Er halte es auch nicht aus unter einem Dach mit dem Schwager. Meine Mutter hätte die kurze Zeit viel gelitten. Sie hätte sich des Bruders geschämt. Schon vor ihrer Krankheit hätten sie den Entschluß gefaßt, nach Rio zu ziehen und irgendwie ohne Hilfe zu leben. ›Denn ich hab ja noch etwas Erspartes‹, sagte mein Vater.

›Wie es das Schicksal will‹, fuhr er fort, ›hat mir ein gutartiger Patient verraten, daß hier in der Stadt eine kleine Klinik entstünde.‹ Der Direktor der neuen Anstalt würde sich freuen über den guten deutschen Arzt. Er dürfe ihn freilich nach dem Gesetz gar nicht einstellen. Deshalb würde ihn der Arzt unter das Pflegepersonal eintragen lassen – freilich, er könne ihn dann auch nicht gleich als richtigen Arzt bezahlen.

›Doch mein neuer Chef hat zum Freund einen Schuldirektor, und ich habe ihm zur Bedingung gestellt‹, sagte mein Vater, ›daß dieser Freund dich, Junge, in seine Schule aufnimmt. Du weißt, wie schwer es hier ist, in eine gute Schule aufgenommen zu werden. Allerdings, du mußt von Grund auf Portugiesisch lernen.‹ –

So war es, verstehen Sie, im ersten Halbjahr nach unserer Landung.« –

Mir kam es sonderbar vor, daß der junge Triebel so stark das Bedürfnis spürte, mir seine Erinnerungen zu erzählen. Erinnerungen, die viele Jahre zurücklagen.

»In dieser Schule«, sagte Ernst Triebel, »erlebte ich etwas ungemein Wichtiges. Das Besondere trat ein, von dem wir zuerst sprachen. Ich meine, es fing dort an. Geendet hat es erst gestern, nein, vorgestern abend. – Wir sind wohl schon den zweiten Tag auf dem Meer?« –

»Den zweiten Tag.«

Triebel fügte hinzu: »Wir haben genug Zeit zum Erzählen. Fast drei Wochen.«

Als ob wir es gleichwohl eilig hätten, liefen wir, wenn ich auch gern in das sternefunkelnde Meer gesehen hätte, andauernd um die verschlossenen Laderäume herum.

Dabei fuhr Triebel fort zu erzählen, was er loswerden mußte, als mache in ihm nicht nur die Fahrt etwas frei, sondern auch das unablässige Laufen, und er hätte in mir, seinem Landsmann, den Zuhörer entdeckt, der auch das Sonderbare verstand, vielleicht, was er selbst noch gar nicht begriffen hatte und erst im Erzählen begreifen würde. –

Die Sonne war jäh aufgegangen. Sie glühte noch nicht, doch Himmel und Wasser schimmerten goldig und rot, und alles war rein, auf Freude gefaßt, auch ich selbst

»Für mich war es schwer in der neuen Schule«, sagte Triebel, »obwohl mich sicher der Lehrer im Auftrag des Direktors schonte. Ich konnte lange Zeit kein Portugiesisch verstehen. Der Lehrer war nicht böse. Er war aber so verzagt wie ich. Wir glaubten beide, daß ich die Sprache nie lernen würde. Und wie er so etwas sagte und mir mein Heft zurückgab, in dem mehr Fehler waren als Worte – ich hatte mich aber Tage und Nächte mit dieser Aufgabe herumgequält –, war ich auf einmal verzweifelt.

Es gab auf dem Schulhof einen häßlichen, überdachten Ort für Mülleimer. Manchmal hüpften dort Ratten herum. Es war eine Strafe, den Papierkorb der Klasse dort auszuleeren. Ich aber, ich ging jetzt dorthin, mit dem Rücken zum Hof, um mich auszuweinen. Zum erstenmal weinte ich richtig. Darunter verstehe ich, daß ich nicht nur über die Fehler in der Aufgabe weinte, ich hielt mein Leben für verloren. Mein Vater hatte mir oft gesagt: ›Du kommst hier ohne Portugiesisch nicht weiter.‹ Ich weinte, weil wir plötzlich in Brasilien waren, ich weinte über meine Mutter, weil sie gleich nach der Ankunft gestorben war, ihre Sanftheit war weg. Wo war sie? Ich würde auch sterben, aber würde ich dann zu ihr kommen? Mein Vater hatte einmal daheim gesagt, dieser Gedanke sei Aberglaube. Mein Vater war ein gelassener, fast harter Mensch, sogar sein Trost war hart.

Ich drückte mich zwischen die Mülleimer und weinte und weinte. Auf einmal berührte jemand mein Haar, jemand sagte auf deutsch: ›Warum weinst du?‹ Ich drehte mein verquollenes Gesicht herum. Ich erblickte ein Mädchen aus meiner Klasse. Wahrscheinlich hatte ich es schon früher erblickt. Ich hatte es aber gleich wieder vergessen. Ich hatte geglaubt, sie sei eine Brasilianerin. Jetzt sagte sie aber auf deutsch: ›Ich habe ein ganzes Jahr gebraucht, um Portugiesisch zu verstehen. Auf einmal ging es schnell. Auch Lesen und Schreiben. Es war wie ein Wunder. Es wird auch dir so gehen. Wenn du willst, Ernesto, lernen wir jeden Tag ein wenig zusammen. Ich bin nämlich froh, wenn ich mit jemand Deutsch sprechen kann. Und sicher kannst du auch noch Geschichten und Gedichte. Ich will durchaus nichts vergessen. Ja, soll ich dir helfen? Ja, willst du mir helfen? Damit ich mein Deutsch nicht vergesse?‹

Sie wischte meine Augen mit ihrer Schürze. Ich schluchzte nur noch ein paarmal. Was sie da sagte, klang gut.« –

Er ging schneller, mein junger, neuer Freund Triebel, und ich folgte ihm, um kein Wort zu verlieren. Ich hatte ihm zuerst nur halb zugehört. Jetzt horchte ich gespannt auf seinen Bericht.

»Das Mädchen hieß Maria Luísa Wiegand. Sie sagte nach der Schule: ›Ich muß jetzt schnell Obst und Gemüse kaufen. Meine Tante bekommt Besuch. Ich bin Waise. Ich wohne bei meiner Tante Elfriede. Bei uns ist alles so ähnlich, wie es bei dir ist. Nur, daß meine beiden Eltern starben. Die Mutter starb schon daheim, als ich klein war, und hier in Rio starb mein Vater an einer Krankheit. Und weil ich die Tante Elfriede von klein auf kannte, ist es vielleicht für mich nicht ganz so schwer wie für dich. Nun, möchtest du bei mir lernen? Jetzt muß ich einkaufen.‹ Sie führte mich auf einen kleinen Straßenmarkt. Dort suchte sie einige Früchte mit großer Sorgfalt aus. Vier Mangonen, goldene Halbmonde, die ich noch nie gegessen hatte. Sie drehte jede in der Luft und überzeugte sich, daß sie nicht angefault waren. Avocados, die hatte ich auch noch nie gegessen. Sie sagte aber, sie würde selbst eine herrliche Speise daraus bereiten und mir davon zu kosten geben. Und noch zwei, drei Arten von Früchten, die mir unbekannt waren. Zuletzt kaufte sie Kaffee und Süßigkeiten. – Sie sagte dazu: ›Der Gast soll nicht merken, daß wir arm sind. Meine Tante verfertigt Häkelarbeiten, und sie näht Blusen. Sie verwaltet eins von den kleinen Geschäften in der Rua Catete.‹

Ich trug ihr alles bis zur Haustür. Der Flur war so eng wie ein Schlauch. Die Treppe war steil, es war, als zwänge man sich durch ein Bergwerk. Nachher stellte ich fest, daß die Hausfront so schmal war, daß es einem unglaublich vorkam, wie viele Treppen und Wohnungen es im Innern gab.

Mein Vater und ich, wir wohnten nur zwanzig Minuten entfernt in einer Nebenstraße. Gewiß, auch unsere Wohnung war nicht groß. Ich schlief mit meinem Vater im selben Zimmer. In dem kleinen Nebenraum war kaum Platz für unser Gepäck, doch hatte ich die Koffer so aufgebaut, daß eine Art Schreibtisch entstand, an dem ich lernte, wenn bei meinem Vater Besuch war.

Ich möchte gleich sagen, daß ich mit meinem Vater immer gut stand. Er war einsichtig und großzügig.

Weil wir in einem Hinterhaus wohnten, gelangte man schnell in den großen Hof. Er war voll Sträucher und Blumenbeete. Das Vorderhaus lag nach der Straße zu.

Maria Luísa brachte uns am nächsten Tag eine Probe von den Süßigkeiten, die wir zusammen eingekauft hatten. Dann ging ich mit ihr zurück. Sie ließ mich den Rest Speise aus Avocados schlecken. Ich war erstaunt, wie viele Zimmer es in dieser Wohnung gab. Die Wohnung war ebenso tief wie schmal, ein winziges Zimmer lag hinter dem anderen. Sowohl Maria wie ihre Tante hatten ein besonderes Zimmer.

Zum Lernen und Aufgabenmachen kam das Mädchen gern zu uns. Vor allem wegen der großen Fenster nach dem Hof mit den vielen Sträuchern und Beeten. Manchmal teilten wir die Zeit des Lernens. Wir verbrachten sie bei ihr oder mir, wie wir Lust hatten. Ich kam gut voran mit Maria Luísas Hilfe.

Wir trennten uns niemals, vom ersten Tag unserer Bekanntschaft an. Ich konnte bald Portugiesisch sprechen und schreiben. Wir lasen einen Roman ›Der Mulatte‹, der mir grausig vorkam. Wir grübelten über das Buch und über alles, was uns umgab: über Gott und den Himmel, über Leben und Tod. Wir kauften immer zusammen ein. Manchmal aßen wir bei der Tante Elfriede, manchmal überraschten wir meinen Vater mit einem sonderbaren portugiesischen Abendessen. Er freute sich jedesmal, wenn sie ihm eine Ananas zugerichtet hatte nach der Sitte des Landes oder ihre besondere Speise aus Avocados. Ihm hatte das Mädchen sogleich gefallen. Er sagte: ›Wer sollte glauben, daß sie aus Thüringen stammt? Sie ist so schön, so goldbraun, so geschmeidig wie manche Mädchen in dieser Stadt.‹

Wirklich, in ihrer Haut war ein Schimmer von Gold. Da sah man fast nichts mehr von dem richtigen Weiß.

Wir gingen oft zusammen an den Strand. Zuerst konnte sie besser schwimmen als ich, doch ich holte sie ein. Viele Menschen blinzelten ihr zu, oder sie riefen ein Wort, sie schüttelte dann nur lachend ihr nasses Haar.

Daß dieses Mädchen etwas besaß, was sowohl in ihrem Innern glänzte wie in ihrem Äußern, den Schimmer, den man Schönheit nennt, eine Art Schönheit, die auch trübselige Menschen staunen macht, zur Hoffnung berechtigt – das wußte ich freilich damals noch nicht.

Manchmal, in der Bahn, redete jemand plötzlich in sie hinein, sie aber lachte und schüttelte sich. Wenn ich dann fragte, was dieser Mensch von ihr gewollt hatte, erwiderte sie: ›Nichts Besonderes. Er sagte nur abermals, ich sei schön.‹ –

Mir machte es nichts aus, wenn man ihr so etwas sagte. Ich freute mich, daß ich eine so schöne Gefährtin gefunden hatte.

In der Schule und nach der Schule, es fügte sich in unserem Leben, daß wir niemals getrennt waren, weder beim Lernen noch beim Lesen, weder beim Einkaufen noch beim Schwimmen. Wir glaubten damals, so sei unser Anteil am Leben, wir seien überall und beständig für immer zusammen.«

In dieser Woche gab man auf unserem Schiff einen Film. Wir mußten tief hinuntersteigen. Wir starrten alle, auch die Nonne, den Film an, der unter dem Meer abrollte. Ernst Triebel war mit Günter Bartsch an Deck geblieben. Sie sahen sich den Himmel an. Dieser frische, vergnügte Junge war sternenkundig zum Staunen.

Sadowski sagte: »Man gibt hier nur langweilige Filme, die niemanden kränken. Besonders die Deutschen nicht. Denn Deutschland hat Polen so furchtbare Schmerzen im Krieg gemacht.«

Der Film spielte im Mittelalter, auf einer Straße, auf der man Bernstein transportierte. Dabei sah man die alten Städte von der Ostsee bis zum Mittelländischen Meer. In einem Gasthaus, in dem sich der Transport immer aufhielt, gab es ein Mädchen, das in einen Händler verliebt war. Ich glaube, die Passagiere langweilten sich. Ich aber, mit meinem ziemlich schweren Beruf als Mechaniker, andauernd unterwegs, sah mir gern an, was im Mittelalter passiert war, in dem Film, der unter dem Meer abrollte. Ich sah mir unter dem Meer an, was im Mittelalter auf der Erde geschehen war. –

Mein Kabinengefährte, den ich selten bei Tag sah – er saß zudem in meinem Rücken an Triebels Tisch –, saß gleichfalls unter den Zuschauern. Er stieg aber dann nicht in unsere Kabine. Nach ein paar Stunden wachte ich auf, weil er irgend etwas zerschlagen hatte und hübsch herumtobte. Er hatte in der Zwischenzeit eine Menge in sich hineingesoffen. Er soff oft. Ich wußte zuerst nicht, mit wem. Dann merkte ich: mit Sadowski. Dem machte es aber nichts aus. Viel oder wenig. Jedenfalls machte Woytek, mein Kabinengefährte, in dieser Nacht besonders viel Krach. Ich sprang schließlich auf und packte ihn und schmiß ihn auf sein Bett, und weil er noch keine Ruhe gab, warf ich ihn hinaus. Ich weiß nicht, ob er dann noch trank oder irgendwo schlief. Jedenfalls brachten ihn morgens zwei Matrosen und legten ihn noch einmal auf sein Bett, und er schlief wie ein Sack, und er wachte auch zum Frühstück nicht auf.

»Wissen Sie, warum er soviel trinkt?« fragte Sadowski. An diesem Morgen ging ich mit ihm auf und ab statt mit Triebel. Ich lachte. »Weil er ein Trunkenbold ist. Gibt es da ein Geheimnis?« –

»Natürlich. Immer, wenn einer säuft. Ich weiß, warum er's tut, der arme Kerl.«

»Und zwar?«

»Sie haben sich mal eingebildet, er sei Ihnen böse, weil Sie ein Deutscher sind. Weil man seinen Bruder ermordet hat. Das steht mit ihm ganz anders.

Er fuhr, als der Krieg ausbrach, nach England als Erster Offizier. Der Mann, der jetzt unser Kapitän ist, war damals Zweiter Offizier auf dem gleichen Schiff. Unser Kapitän ist ein tapferer Mensch. Er blieb in England bei der Flotte. Er fuhr Munition nach Murmansk. Bei dieser Fahrt, wissen Sie, gingen von zehn Schiffen mindestens sechs kaputt. Der Zweite Offizier hatte Glück. Er kehrte nach dem Krieg nach Polen zurück, und schließlich wurde er Kapitän auf der ›Norwid‹. Aber Woytek aus Ihrer Kabine bekam in London ein Angebot, bei dem er viel Geld verdienen konnte. Ein Mensch ist nicht einfach tapfer, nicht wahr? Man ist immer für etwas Bestimmtes tapfer. Bei diesem Woytek wog das gute Angebot, die Aussicht auf ein glänzendes Leben viel mehr als alles, wofür er hätte tapfer sein können.

Er übernahm eine Firma in Recife. Recife liegt fast am Äquator. Sie waren in Rio Grande do Sul? Dort sagt man von Recife und Pernambuco, sie lägen im Norden.« Er fuhr etwas trübselig fort: »Hoffentlich braucht die Firma, in die ich jetzt einsteige, meiner alten Mutter zuliebe, jemand, der manchmal nach Südamerika fährt. Sie haben Glück, daß man Ihre Mähdrescher für den Ranchero aus Schlamperei im Freien ließ.« –

Ich dachte: Wie hat der freche Patron das rausbekommen?

»Nun also, Ihr Kabinengefährte ging zugrunde in diesem Recife. Er hat vielleicht zuerst ganz gute Geschäfte gemacht. Er soff. Doch kein Matrose legte ihn auf sein Bett. Er blieb in der Sonne liegen, auf einer Straße unterm Äquator, und wie er dann halbwegs aufwachte, war er futsch. Er kam vielleicht noch in ein Krankenhaus. Auf jeden Fall ging sein Geschäft kaputt. Denn die Negerin, seine Frau, verstand nicht, es richtig zu leiten.

Er war derartig übel dran, daß ihn schließlich das polnische Konsulat auf Drängen der brasilianischen Regierung heimschickte. Und wie er auf dieses Schiff geht, wen sieht er? Den Kapitän, der damals auf der Fahrt nach England sein Zweiter Offizier war. Und er, er ist jetzt gar nichts. Und unser Kapitän ist ein prachtvoller Kapitän.

Darum fängt Woytek wieder an zu trinken und macht ganz verrückte Sachen. Mit Ihnen hat nichts etwas zu tun. Ich glaube, er macht das alles, weil er sich schämt.«

Ich sagte: »Zu Hause wird man so einen schon zurechtstutzen.«

»Hm«, machte Sadowski. Mir fiel ein, daß es sicher an ihm auch eine Menge zurechtzustutzen gäbe. Er sagte aber ganz ruhig: »Es muß einem komisch zumute sein, wenn man heimgeschickt wird als armer Schlucker, als Tunichtgut, auf Kosten des Konsulats, und der Kapitän Ihres Schiffes war Ihnen mal früher sogar im Rang unterstellt.«

Für mich war es jedenfalls keine Wonne, wenn ich in meine Kabine ging, diesen Woytek halb oder ganz betrunken zu finden oder zum Platzen voll giftiger Redensarten.

Ihm war es vollständig unklar geblieben, was sich in der Welt verändert hatte seit seinem Sonnenstich. Er hatte die Teilung von Deutschland nicht kapiert und nicht, daß im Osten ein neuer deutscher Staat entstanden war, der mit Polen in Frieden lebte. Gewiß, er soff vielleicht aus Scham. Doch seine Scham warf sich sofort auf mich.

Ich hatte keinen Grund zum Schämen. Ich kannte den Krieg nicht. Ich war noch Schüler, als man mich auf kurze Zeit zum Flakhelfer machte. Mein ältester Bruder, der ist gefallen. Wir hingen alle an ihm. Darum kann noch heute niemand in meiner Familie diesen Tod verschmerzen. Meine Schwester hatte ein krankes Bein, dadurch hat sie sich gedrückt vor dem Bund Deutscher Mädchen. Was mein armer Bruder angestellt hat, bevor er an der Ostfront fiel, das kann ich nicht sagen. Ich weiß nur, daß einer aus meiner Maschinenfabrik erzählt hat, sein Junge wäre eines Tages wie von Sinnen nach Hause gekomen. »Ihr Eltern, ihr habt uns nie erzählt, was ihr den Russen angetan habt, und den Tschechen und den Polen und den Franzosen und anderen. Jetzt redet ihr immer vom Imperialismus, in dem ihr selber mittendrin gesteckt habt.

Ihr habt ihn ja gemacht, den Imperialismus. Ihr hättet uns alles sagen müssen, ja. Jetzt haben wir für euch Reue, denn ihr habt keine. Wir haben Mitschuld. Wir haben Mitreue.« – Mein Arbeitskollege erzählte davon in der Pause, und einige Kollegen sagten: »Das junge Volk stellt jetzt eine Menge Fragen, die man gar nicht beantworten kann.« Doch einer sagte: »Du hättest ihm wohl am besten eine runtergehauen.« Da schrien ihn die anderen an: »Du bist wohl verrückt. Man hätte ihn doch eingesperrt.«

Ich war froh, daß ich noch zu jung gewesen war für diesen Krieg.

Ich hätte ganz gern in meiner Kabine mit Woytek gesprochen, was er darüber dachte. Dazu taugte er nicht. Ich sagte schon, er war stehengeblieben in seiner Vorsonnenstichzeit. Der Satz »Da müssen wir für euch Mitreue haben« wäre ihm gar nicht aufgefallen. Ich fand dieses Wort schön. Ich kenne nur Mitleid, aber Mitreue – das hat dieser Junge erfunden.

Auch mit Ernst Triebel sprach ich nicht gern über solche Sachen. Wenn ich an Deck erschien, fing er meistens an, von Maria Luísa zu erzählen, und ich, ich hörte ihm zuerst gelangweilt, dann bereitwillig, schließlich gespannt zu.

»Maria Luísa und ich, wir hatten voreinander nie ein Geheimnis. Wir haben über alles auf Erden gesprochen, auch über Vargas, der damals Präsident war. Ich erzählte ihr, bei unserer Überfahrt sei nachts ein brasilianischer Dampfer an unserem Schiff vorbeigefahren. Da rief sie schnell: ›Vielleicht war gerade auf diesem Schiff die Frau von Prestes, die Vargas dem Hitler ausgeliefert hat.‹ – ›Wie willst du das wissen?‹ – Sie zuckte die Achseln. ›Hier erfährt man alles.‹ Ich hörte, was sie über diesen Mann namens Prestes wußte. Der sei quer durch das Land gezogen mit einer Menge arbeitsloser

Landarbeiter, die ständig wuchs, von Farm zu Farm. – Als ich davon meinem Vater erzählte, sagte er: ›Stimmt alles. Ihr sollt nur nicht laut sprechen von solchen Sachen.‹«

Auch jetzt, ins Wasser starrend, erzählte Triebel sogleich von etwas anderem. »Man fragte mich oft in der Klasse: ›Ist sie noch ein junges Mädchen?‹ Ich ging der Frage, als ob ich sie nicht verstünde, aus dem Weg.« –

Ich dachte bei mir: Warum erzählt mir der Triebel so ein Zeugs? Und ich dachte zugleich die Antwort: Weil er es nirgendwo anders erzählen würde als hier auf dem Schiff. – Dann wieder dachte ich: Um uns herum ist es still. Triebel braucht diesen Ort. Man braucht einen Ort, um einem Menschen alles erzählen zu können. –

»Um diese Zeit fing Maria plötzlich an, nachdem wir bisher jede Minute Freizeit allein zusammen verbracht hatten, verschiedene Bekanntschaften anzuknüpfen. Sie erklärte nichts, und ich fragte nichts. Sie sagte einfach: ›Wir können heute nachmittag nicht an den Strand gehen. Ich habe Eliza versprochen, mit ihr das Konzert anzuhören.‹

Dagegen war nichts einzuwenden. Eliza war ein Mädchen aus unserer Klasse, unschön, aber mit festem Willen. Sie war entschlossen, Musik zu studieren. Da ihre Leute offenbar keinen Mangel litten, nahm sie seit langem allein Klavierunterricht. Maria ging öfters zu ihr und erzählte mir dann, es sei ein Wunder, wie dieses Mädchen spielt. ›Sie wird nicht nur Musiklehrerin werden‹, sagte Maria ›sondern für sich allein eine berühmte Künstlerin.‹ –

Es gab mir einen Stich, ich weiß nicht recht, warum, als Rodolfo, ein Junge aus unserer Klasse, behauptete, seine Mutter, die von Musik eine Menge verstünde, sei ebenfalls dieser Meinung. Es kam bei solchen Gesprächen heraus, daß Maria zusammen mit Eliza öfters in Rodolfos Familie zu Gast war.

Einmal, als ich ratlos den Strand nach Maria abgesucht

hatte, aber nur Eliza zusammen mit Rodolfos junger gutgekleideter Mutter von weitem entdeckte, ging ich zu Marias Tante hinauf. Sieh da, Maria war ganz allein daheim. Sie war froh, als ich kam. Sie sagte, sie hätte plötzlich keine Lust mehr zum Schwimmen gehabt. Ich sagte: ›Eliza und Rodolfos Mutter sitzen in einem Café am Strand.‹ – ›Nun, laß sie‹, erwiderte Maria.

Maria Luísa kam mir manchmal verändert vor, obwohl ich nicht hätte sagen können, worin die Veränderung bestand. Einmal nahm sie mein Gesicht zwischen ihre Hände, sah mir in die Augen und sagte: ›Du bist und du bleibst mein einziger Freund auf Erden.‹

Sie küßte mich, ich wagte nicht, richtig zurückzuküssen. Ich streichelte ihr Haar und ihre Arme.

Zu der Veränderung, die ich manchmal an ihr wahrnahm oder nur wahrzunehmen glaubte, gehörte auch, daß ihr Gesicht nicht mehr so zutraulich war wie früher, sondern stolz und verschlossen. Ihr Lächeln war kühn geworden, als sei sie stolz auf etwas, was ihr widerfahren war. Sie hielt sich sehr gerade. Ihre Brust war straff. Mit ihrem fließenden goldbraunen Haar und ihrem sonnenbraunen Gesicht sah sie so schön wie nie aus.

Die Tante Elfriede hatte ein Hausmädchen namens Odilia.

Wir hatten noch einmal, und viel genauer und wacher als früher, das Buch ›Der Mulatte‹ gelesen. Und morgens, als Odilia die Wohnung putzte, fragte Maria Luísa geradeheraus, wie das gewesen sei mit der Sklaverei, ob sie so was noch miterlebt hätte. Ob es wahr sei, daß man die Sklaven verkaufte. Odilia hatte erschrocken zurückgefragt, wie denn Maria auf so was käme. Aus einem Buch? Das sei sicher ein schlimmes Buch, wenn es an solche Zeiten erinnere. Gewiß, ja, ihre Mutter sei Sklavin gewesen. Sie hätte es aber nicht schlecht gehabt. Ihr Amt sei gewesen, den Gemüsegarten ihrer Herrschaft zu pflegen, und diese Herrschaft, meistens in Nordamerika, hatte nichts Besonderes daraus gemacht, ja sie hatte es kaum bemerkt, daß sie, Odilia, in dieser Zeit zur Welt kam.

Damals hatte es schon ein Gesetz gegeben, dem zufolge die Kinder der Sklaven frei wurden. Sie also. Odilia, auf Grund eines solchen Gesetzes, sei niemals Sklavin gewesen.

Doch kurz vor dem endgültigen Freiheitsgesetz, man nannte es ›das goldene Gesetz‹, passierte der Mutter und dadurch auch ihrem Kind Odilia etwas Böses. Ein Brief kam aus den Vereinigten Staaten, die gute Herrschaft kehre nie mehr zurück. Dadurch fielen Haus und Garten durch Ankauf in die Hände geiziger, harter Menschen.

›Bis jetzt war meine Mutter noch Sklavin‹, erzählte Odilia ›und ich war frei. Darüber gerieten diese Leute, die neuen Besitzer, in Wut. Das wäre noch was, ein Kind zu bezahlen, damit es hüpfe und tanze, und es auch noch zu füttern.

Da es andauernd Streitigkeiten und Drohungen gab, beschloß meine Mutter, mich anderswo unterzubringen. Sie fand für mich eine Stelle auf einem Markt. Der lag freilich ziemlich weit weg. Ich schlief dort zuerst im Freien und dann unter einem Obstwagen. Damals sah ich nur ein paarmal im Jahr meine Mutter. Denn sie wurde verkauft, trotz ihrer Versuche, meinethalben die Stellung zu halten, an eine Freundin der Hausfrau in einer anderen Stadt. Das goldene Gesetz war noch nicht gültig geworden. Nur schnell was rausschlagen aus dem Verkauf von Leuten, die bald vielleicht nie mehr verkäuflich wären.

Doch schließlich kam meine Mutter eines Nachts und teilte mir mit, in ihrer Nähe, in der Stadt, sei eine Stelle frei. Ich ging sofort hin, noch bevor der Tag anbrach. Von dieser Stelle, da sie nicht besonders verlockend war, ging ich sehr bald zu eurer Tante.‹

Diese Odilia, die Tochter der Sklavin, wurde aber von Tante Elfriede von einem Tag zum anderen weggejagt aus einem Grund, den mir Maria Luísa viel später erzählte – kurz vor meiner Abreise.

Es gab nicht weit von unseren Wohnungen einen Straßenschuster namens Theodosio, der reparierte in seiner kleinen Bude auch alle Art Schuhe aus Marias und meiner Familie. Er war Neger. Er war, was man ihm schon ansah, ein kluger Mensch von ruhiger Beobachtungsgabe. Er las regelmäßig die Zeitung. Oft glättete er sich auch alte Zeitungen, in die die Schuhe eingewickelt waren. Er entdeckte diesen und jenen Artikel, den er sorgfältig aufbewahrte. Er hatte es zu keinem Geschäft gebracht, nur zu dieser Bude, die er abbaute, wenn ein Unwetter drohte oder wenn er verreiste, und dann wieder aufstellte. Er fragte Maria Luísa nach unserer Schule und bat uns, ihm Bücher zu zeigen, und er war glücklich, wenn wir ihm zum Studieren ein altes Heft oder gar ein Buch überließen.

Zu unserem Erstaunen fing dieser junge, kluge Mensch eine Bekanntschaft mit Odilia an, dem Hausmädchen der Tante. Wir konnten zuerst nicht ahnen, welche Art Bekanntschaft es war.

Odilia war viel älter, sie war völlig unwissend, sie hätte auch nie ein Bedürfnis empfunden, etwas zu lernen. Da Theodosio nicht unfreundlich mit ihr umging – Maria meinte, er sei von einer Liebschaft weit entfernt, gehe aber mit allen Menschen so freundlich um –, war Odilia, gewöhnt an Grobheit und alberne Witze, ihrerseits bis über die Ohren verliebt. Wir Kinder merkten, daß Odilia jede Gelegenheit suchte, um an der Schuhmacherbude vorbeizuwitschen. Dann dachten wir nicht mehr an diese Bekanntschaft.

Vielleicht einen Monat später ging ich hinauf in Marias Wohnung. Wir hatten uns morgens vorgenommen, uns gegenseitig die Schulaufgaben abzuhören; wir lernten jetzt ziemlich viel, die Prüfung stand bevor. Maria Luísa hatte einige wichtige Bücher bei unserem Schulfreund Rodolfo entliehen – auch wir hatten nicht genug Geld, alle notwendigen Bücher zu kaufen. Die Bücher waren schwer zu tragen. Rodolfo hatte sie bei Tante Elfriede abgegeben.

Ich hörte schon auf der Treppe die zornige Stimme der Tante. Ich zögerte, derartig erbittert tobte die Frau. Ihre Wut schien jede Sekunde zu wachsen.

Sie hörte nicht einmal mit Schimpfen auf, als sie mir schließlich öffnete. Ich sah sofort, daß ihr Wutausbruch mit Maria zu tun hatte. Die stand etwas bleich, aber ganz gefaßt, mit hängenden Armen vor ihrer Tante. Ihr Gesicht war verschlossen. Ich hatte sogar den Eindruck, daß sie ein Lachen verbiß.

Als schließlich die Tante laut herausweinte und die Tür hinter sich zuknallte, sagte Maria Luísa: ›Ernesto, du wirst mir sicher helfen, das Abendessen zu richten und nachher das bißchen Geschirr zu spülen. Nämlich‹, fügte sie mit einem schrägen, listigen Blick auf den Türspalt zum Zimmer der Tante hinzu ›sie hat unsere Odilia hinausgeworfen.‹

In der Küche, als wir allein waren, erzählte sie mir ein paar Einzelheiten, aber nur ruckweise. Ich hielt ihr Zögern damals für einen Mangel an Offenheit. Darum war ich bekümmert. Viel später, in Deutschland, als ich nachdachte, wie denn Maria Luísa dieses und jenes aufnehmen würde, dachte ich oft an die Begebenheiten mit Odilia. Und ich kam immer zu dem Ergebnis: Ihr Sinn für Recht und Gerechtigkeit war schon damals stark.

Die Tante hatte also Odilia weggejagt, weil die ihre Kammer heimlich mit einer Fremden teilte. Diese Person war eine uns allen unbekannte junge Frau, wie sich herausstellte, oder wie mir Maria Luísa später verriet, die Schwester oder Cousine von Theodosio. Sie hatte angeblich Arbeit gesucht, und ihre Familie wohnte weit weg in den Favelas. Sie verließ immer vor Sonnenaufgang das Haus – Odilia brachte ihr oft einen heißen Kaffee oder einen Bissen Brot oder eine Banane.

Odilia bewohnte eine erbärmliche Kammer, in der

allerhand altes Zeug abgestellt wurde. Ich konnte gar nicht begreifen, wie die Schwester Theodosios auch noch in einem solchen Loch Platz fand.

Nachbarn, die von einem Fest heimkamen, hatten bemerkt, wie eine Fremde aus dieser Kammer schlüpfte, und dann die Tante gefragt, ob sie denn wisse, daß ihr Hausmädchen eine fremde Frau beherberge.

Damals war es streng verboten, unangemeldet fremde Leute bei sich übernachten zu lassen. Es gab auch oft Razzien. Man konnte schwer bestraft werden. Zum Glück, ich meine, zum Glück für die Fremde, hatte die Tante nicht schweigen können und die kommende Nacht abwarten, um sich zu überzeugen. Sie war sofort in frischer Wut über Odilia hergefallen. Odilia war viel zu töricht, um ihr geschickt zu widersprechen. Ihr Bündel war winzig klein. In zehn Minuten war sie in der Stadt verschwunden, nachdem sie noch einen Blick in Theodosios Bude geworfen hatte. Auch diese fremde Frau kam nicht mehr zurück.

Zu unserer aller Verwunderung hatte schon am nächsten Tag ein altes Männlein, klein und verhutzelt, die Haut nicht schwarz und nicht braun, nur in den Falten steckte der Staub, die Werkstatt übernommen. Tante Elfriede erkannte keinen Zusammenhang. Ich war zu stolz, Maria zu fragen – sie war offenbar im Bilde.

Kurz vor meiner Abfahrt, oder war es auf der Fahrt nach Belo Horizonte, jedenfalls hatte Maria Luísa plötzlich das Bedürfnis, mir nichts, aber nichts zu verschweigen, mit keinem mir verborgenen Geheimnis zurückzubleiben, als könnte schon das geringste Geheimnis unsere Wiedervereinigung verzögern – sie erzählte mir ungefragt, was sich damals zugetragen hatte mit Odilia und Theodosio und mit dem fremden Mädchen. Das Mädchen war gar nicht verwandt mit dem Schuster. Der hatte nur den Auftrag bekommen, wo und von wem, verriet Maria auch jetzt nicht, oder sie wußte es nicht, ihr ein Quartier in Rio zu beschaffen. Schon von Recife aus sei die Fremde verfolgt worden. Die Polizei war ihr von Recife ab auf der Spur. Sie wurde hier aber gleichzeitig von ihrer Partei vorangemeldet. Polizei erwartete sie in Rio am Bahnhof. Sie hatte aber die Bahn schon viele Stunden, wenn nicht Tage vorher verlassen und war von einem Autobus zum anderen umgestiegen, bis sie schließlich ohne Zwischenfälle hier anlangte. Dann suchte sie sofort den Mann auf, dessen Adresse sie sorgfältig aufgehoben hatte: Theodosio.

Theodosio brachte sie schleunigst bei Odilia unter. Diese Übereinkunft hatten Theodosio und Odilia schon lange vorher getroffen. Sie hatten das Mädchen aus Recife erwartet. Odilia, die mit ihrem einfachen Gemüt einen guten Verstand besaß, nahm die Fremde sofort in Empfang. Sie hätte sie wahrscheinlich noch wochenlang beherbergt und ernährt, wenn nicht diese verdammten Nachbarn, die ihre Nase in alles steckten, dazwischengekommen wären.

Das Mädchen aus Recife machte sich schleunigst auf den Weg – jetzt war die Polizei natürlich nicht mehr dicht hinterher –, vielleicht hatte sie wirklich Verwandte oder Bekannte in den Favelas. Die arme Odilia besaß keine gute Unterkunft zum Ersatz. Sie hatte nur diese Bekannten auf dem Markt, die ihr ein recht elendes Leben boten. Sie hatte aber Herz und Verstand genug, um Theodosio vor der Gefahr, die auch ihm drohte, zu warnen, so daß Theodosio nach Odilias Bericht sofort verschwand.

› Wir hatten damals schon längst die brasilianische Staatsangehörigkeit. Für euch, als Ausländer, wäre das Nichtanmelden oder etwas über Odilia zu wissen besonders gefährlich gewesen. Und du, Ernesto, hättest den Mund nicht gehalten und vielleicht deinem Vater etwas gesagt.‹ –

Ich sah Odilia noch einmal durch Zufall in einer Marktstraße. Sie verkaufte Früchte. Wahrscheinlich schlief sie nachts, wie vordem, unter dem Obstwagen.

Mich erkannte sie nicht, und ich wollte auch nicht mit ihr sprechen.

Ich erzählte Ihnen jetzt diese Begebenheit, weil sie ein Licht wirft auf das Tun und Lassen des Mädchens, auf die Gesinnung Maria Luísas – wie sie damals war in unserer leuchtenden Jugendzeit. Als ich später in Deutschland war und ihre Briefe wurden plötzlich abweisend und verständnislos, dachte ich immer, was so geleuchtet hat, kann doch nicht plötzlich erloschen sein. –

Tante Elfriede hat kurz darauf, nachdem sie Odilia weggejagt, ein weißes Mädchen angestellt, sogar ein deutsches. Es hieß Emma. Es stammte aus Santa Catarina. Dieser Ort, ein großes Dorf oder eine kleine Landstadt, liegt mitten in einer deutschen Kolonie. Die Brasilianer, die unter ihnen lebten oder eigene Siedlungen in der Nähe besaßen, hatten die deutschen Kolonisten zugleich geachtet und verachtet. Geachtet hatten sie alle deutschen Kolonisten wegen ihres unermüdlichen Fleißes und wegen ihrer Redlichkeit. Verachtet hatten sie sie beinahe aus denselben Gründen, weil sie es rasch, geradezu erbarmungslos in kurzer Zeit so weit brachten mit ihrem Vieh und ihren Feldern und ihrem Handwerk und weil es dabei immer ehrlich zuging. Es könnte aber dabei unmöglich immer ehrlich zugehen, meinten die Einheimischen.

Das neue Hausmädchen der Tante Elfriede war sicher grundehrlich. Wir Kinder konnten sie auf den ersten Blick nicht leiden. Doch sonderbar, sie hat davon gar nichts gemerkt, ja sie hing an uns. Maria Luísa hat sich auch später nicht von ihr getrennt. Ich erzähle soviel von Emma, weil sie nachher eine gewisse Rolle spielen wird.

Zuerst hätte Tante Elfriede sie fast wieder weggeschickt, als sie den geforderten Lohn hörte. Sie rief: ›Soviel kann ich nie und nimmer zahlen.‹ Doch Emma, die bereits in Erfahrung gebracht hatte, daß Tante Elfriede einem kleinen Geschäft vorstand und selbst in den Abendstunden Blusen und Röcke fertigstellte, erwiderte schnell: ›Es war schon immer mein Wunsch, in einer echten deutschen Familie zu dienen. Ich kann mich aber unmöglich auf geringeren Lohn einlassen. Wie wäre es denn, wenn ich Ihnen Näharbeiten abnehmen würde? Ich gehe sowieso abends nie aus. Das überlasse ich den Mulattinnen.‹

Tante Elfriede überlegte sich das Angebot. Und schließlich kam sie zu dem Ergebnis, es könnte zu ihrem Vorteil sein. Das war auch der Fall, wie sich später erwies. Sie hatte auf einmal viel mehr Freizeit. Die halbfertigen Kleider wurden vorzüglich gerichtet, genau nach den Zeichnungen. Obwohl wir Emma immer in denselben langweiligen Röcken und Blusen sahen.

Nach einigem Hin und Her blieb nur noch als Anstoß das furchtbar schlechte Zimmer, die schmutzige, vollgestopfte Mansarde. Odilia wurde die Schuld zugeschrieben. Und Emma aus Santa Catarina machte sich sofort an die Aufräumarbeit. Sie türmte den unansehnlichen Kram aufeinander, bedeckte ihn mit einem ausgewaschenen Vorhang, ihr Bett, nachdem sie die Wanzen ausgeräuchert hatte, bedeckte sie mit derselben Art Vorhang. Die Wände strich sie goldgelb an. Sie hängte allerlei Bilder auf, ein Christusbild – die Leute in Santa Catarina waren evangelisch –, einen Kalender und einige Photographien ihrer Angehörigen, die aber meines Wissens nie von sich hören ließen.

Obwohl nicht einmal Tante Elfriede richtig Zuneigung zu ihr faßte, wurde Emma bald unentbehrlich. Sie wurde zu allerlei Geheimdiensten und Botengängen verwandt – Sie werden später mehr davon hören.«

Auf einmal war Triebels Gesicht verändert. Er sah froh, fast glücklich aus. Er machte mit seiner Hand eine Bewegung nach dem Meer. »Da, sehen Sie, da!«

Ich glaubte zuerst, Schaumspritzer glitzerten in der Sonne. Dann erkannte ich, als es mir Triebel mit befriedigter Miene erklärte, wie ich sie noch nicht an ihm gesehen hatte, einzelne Fische, die über das Wasser flogen, zu tanzen schienen über dem Meer, dann ganze Schwärme, durcheinandergleitend im Sonnenlicht.

Weil wir im Schatten standen und von unserem Platz aus alles beobachten konnten, kamen die polnischen Kinder zu uns; sie sahen nicht, wie ich, zum erstenmal Fliegende Fische, denn sie hatten diese Reise schon öfters gemacht, sie waren aber auch froh erstaunt.

Als sich der Nachmittag über das Meer legte, waren die Fische verflogen. Sie kehrten oft zurück, solange wir im Süden fuhren, und wie die Kinder und wie Triebel hatte ich meine Freude an ihrem Flug. Ich weiß nicht, warum sie einem das Herz leicht machten.

Die lange Seefahrt hatte ich beinahe mit Widerwillen begonnen, ohne zu ahnen, was ich an Unbekanntem zu sehen bekäme. Ich war bisher des Glaubens gewesen, nur auf dem Festland gäbe es solche Freuden, zum Beispiel beim Anblick des Kornes, der Wiesen und Bäume.

Bald nachdenklich, bald sorglos froh, sich immerfort unterbrechend, um mir einen einzelnen Fliegenden Fisch zu zeigen oder einen ganzen Schwarm, fuhr Triebel fort: »Wir waren jetzt fast erwachsen. Wir lagen oft aneinandergeschmiegt am Strand in einer Sandmulde oder in einem Felsspalt, unsere Zusammengehörigkeit einfach bezeigend, als gäbe es darin gar nichts Erstaunliches, auch nichts Suchendes, Aufwühlendes. Gleichmütig sahen wir anderen jungen Leuten zu, meistens Negern oder Mulatten, die vielleicht in der nächsten Mulde oder sonstwo unverhohlen in unserer Nähe fröhlich und arglos ihr Liebesspiel trieben.

Uns ging so etwas nichts an. Gar nichts? Noch gar nichts? Wir dachten darüber nicht nach. Maria Luísa fuhr manchmal mit ihrem Mund über meine Schläfe und sah mich erwartend an. Ich aber sprang auf und rannte ihr weg wie ein Knabe, und sie rannte hinter mir her. Wir warfen uns wieder an den Strand, und ich schlang meine Arme um ihren Kopf. Darin lag immer nur unsere große Zusammengehörigkeit, nichts Verwildertes, Ungezügeltes.

So war mir zumute. Auch später noch, als diese Zeit verflossen war, der Rest unserer Kindheit. Ob es Maria Luísa genauso ansah, darauf kann ich nicht schwören.

Wir bestanden gleichzeitig unsere Abschlußprüfung. Auf den Rat meines Vaters und auch aus eigenem Antrieb begann ich mein Medizinstudium. Maria Luísa fragte ihn gleichfalls um Rat. Denn sie hatte niemand, an den sie sich halten konnte. Wir sahen irgendwie unsere Zukunftspläne ineinander verwoben an, wie auch bis jetzt die Jugend ineinander verwoben schien. Mein Vater riet Maria Luísa, sich zu spezialisieren auf Kinderkrankheiten oder auf Kinderpsychologie, falls ihr das eine oder das andere näherläge. Er redete ernst und gründlich auf sie ein.

Ihrer Tante wäre es lieb gewesen, wenn sie von jetzt ab im Geschäft gestanden und möglichst viel Käufer angelockt hätte. Auch sagte sie dauernd, wie mir Maria Luísa lachend berichtete, in deinem Alter wird hier ein Mädchen verheiratet. Hast du denn noch keinen ernsten Bewerber? Dieser Triebel, das ist nicht ernst.

Maria Luísa besaß von ihrem Vater ein kleines Erbe, das knapp zum Studium reichen würde. Darauf verließ sie sich einstweilen. –

Der zweite Weltkrieg ging seinem Ende entgegen. Und öfters, wenn wir allein waren, sagte mein Vater: ›Ich werde an meinen Freund Paul Winter schreiben oder an Professor Buschmann, damit ich gleich irgendwo meine Anlaufstelle bekomme und beginnen kann mit der Arbeit, denn daß sie mich brauchen werden, furchtbar brauchen werden, daran ist kein Zweifel.‹

Ich dachte noch nicht viel über seine Worte nach. Weit war der Krieg weg. Was er verbrannte, war weit weg. Nur dann und wann nahm uns der Rauch den Atem.

Denn der Rauch, der kam zu uns. Wir sahen in den Zeitungen und in den Kinos herzbeklemmende Dinge. Wir konnten es nicht fassen, daß unser sanftes und stilles Heimatland auf einmal wie ein Stachel in der Welt bohren sollte.

›Ob es wirklich wahr ist?‹ sagte Maria Luísa. Unruhig faßte sie meine Hand. Es war um die Zeit, in der die Sowjets die ersten Vernichtungslager entdeckt hatten. ›Ich war noch ein ganz kleines Kind‹, sagte Maria Luísa, ›so daß ich erst heute wieder an unsere Wäscherin denke. Wie freundlich sie war! Wenn mir die Mutter erlaubte, ihr etwas zu bringen, war ich ganz glücklich. Auf ihrem Fensterbrett standen Blumen, im Sommer und im Winter. Und auch die Nonne, die meine Mutter bis in den Tod gepflegt hat, sie sah nicht nur aus wie die Maria auf den Kupferstichen »Heimsuchung Mariä« oder »Mariä Verkündigung«, sie hatte auch das dazugehörige Herz, das auf alles gefaßt war. Ich habe dir, Ernst, nie viel davon erzählt, aber heute, da wir zusammen die Furchtbarkeiten sahen, die deutsche Menschen begangen haben sollen, sehe ich mich selbst wieder in einem seltsamen Widerspruch in dem blumendämmerigen Zimmer der Wäscherin, und ich höre die Stimme der Nonne, die nicht todestraurig war, sondern todesfroh.‹

Sie ging mit mir heim, um meinem Vater ihr Herz auszuschütten.

Mein Vater sagte: ›Hat hier vielleicht das ganze Volk an den Bosheiten teil, die Vargas beging oder ein Trupp seiner Soldaten? Oder wildgewordene Gutsbesitzer?‹ –

Als Maria Luísa nach Hause gegangen war, sagte ich zu meinem Vater: ›Stimmt schon, was du ihr erklärst. Nur begreife ich nicht, daß du die Idee hast, in so ein verrottetes Land zurückzufahren.‹

›Gerade dort braucht man uns dringend. Du wirst es selbst merken.‹

Doch damals war der Krieg noch längst nicht zu Ende. Abfahrtsgedanken wurden nicht oft laut ausgesprochen. –

Unsere Klassenkameradin Eliza hatte ihr Studium an einer Musikhochschule aufgenommen. Nicht nur, daß sie uns oft vorspielte, sie zeigte uns auch Bücher und Bilder, die wir vielleicht ohne Eliza nie vor Augen bekommen hätten.

Maria Luísa und ich, wir waren bewegt, ja erregt, als wir das Werk des Aleijadinho zum erstenmal richtig betrachteten: die Propheten Jesaias, Jeremias, Ezechiel und andere, die er auf die Treppenabsätze in Congonhas do Campo gemeißelt hatte. Diese Treppe war ein Passionsweg, aus dem Tal zur hoch gelegenen Kirche. Nicht nur, so erzählte uns Eliza, daß dieser Aleijadinho der größte Meister des Landes war, vielleicht einer der größten Meister, die es gab, er war ein Leprakranker gewesen. Er hatte das alles aus seinen Gedanken heraus gemeißelt, ohne Hände, mit Armstümpfen, die nach und nach wie Kerzen geschmolzen waren, und sein kleiner Geselle hatte Stecken an die Stümpfe gebunden.

Eliza hat recht. Es kann auf Erden nichts Größeres geben. So dachten wir Kinder damals, ihn mit Abbildungen aus der Antike vergleichend und aus der Renaissance und was wir alles an bedeutsamen, zuvor nie gesehenen Werken bei Eliza fanden. –

Ich spreche hier auf dem Schiff soviel von diesem Künstler, weil die Fahrt nach Congonhas wahrscheinlich unser letztes gemeinsames wunderlich-wunderbares Erlebnis in diesem Land gewesen ist.

Denn mein Vater, dem wir andauernd in großer Erregung von Aleijadinho erzählten, als hätten wir nicht die Photographien seiner Werke studiert, sondern unversehens die Bekanntschaft des todkranken, aber mächtigen Mannes gemacht, hatte plötzlich den Einfall, uns die Reise nach Minas Gerais zu schenken – so heißt die Provinz, in der Congonhas liegt.

Ich fragte: ›Willst du nicht selbst all diese Herrlichkeit sehen?‹

Er schüttelte aber den Kopf. ›Nein, Kinder, ihr sollt euch freuen.‹

Ich meine heute, der Krieg sei schon zu Ende gewesen, unsere Heimkehr hätte schon festgestanden. Vielleicht stand sie auch nur in seinen Gedanken fest, und ich glaubte noch nicht daran, so daß der Satz hätte lauten können: Ihr sollt euch noch einmal zusammen freuen.

Ich weiß auch nicht recht, was für eine Absicht ihn dazu brachte, zwei junge Menschen, die sich liebten, auf einmal weit wegzuschicken.

Nach unserem heutigen Maßstab war es freilich nicht allzu weit weg. Eine Autobusfahrt von zwölf Stunden nach Belo Horizonte. So heißt die Hauptstadt von Minas Gerais, in der Nähe liegt Congonhas do Campo.

Maria erklärte mir, zur Zeit der portugiesischen Vizekönige und zur Zeit des Kaisers hätte man dort viel Gold geschürft.

Wir fuhren los mit unseren kleinen Eßpaketen, aneinandergeschmiegt, in die beklemmend verlockende Ferne. Der Autobus, als hätte er Flügel, schwang bald um bedrohende, zum Herzklopfen tiefe Abgründe.

Verzeihen Sie, wenn ich Ihnen soviel über einen Landstrich erzähle, Sie werden aber bald merken, daß das Wichtigste wiederkommt; ja dadurch, daß es in unserem Leben wiederkehrt, wird es zu etwas Wichtigem und versinkt nicht in einem bodenlosen Geheimnis.« –

Ich rief: »Nein. Bitte, Triebel, im Gegenteil. Erzählen Sie viel von Ihrer Reise.«

Mir war es im Grunde genommen lieber, Triebel beschrieb mir das Land, was er davon gesehen hatte, statt ständig von seiner Liebe zu sprechen. – Ich konnte auch nicht recht verstehen, warum er gerade mir soviel aus seinem Leben erzählte. Warum nicht zum Beispiel Günter Bartsch, mit dem er sich, wie mir schien, ein wenig angefreundet hatte? Vielleicht, weil ich immerfort schwieg zu allem, was er sagte, und keine Frage stellte und keine Meinung äußerte. Denn ich hatte gar keine. Vielleicht erzählte er deshalb alles mir, dem Schweigenden, dem Meinungslosen. –

»Wir fuhren also über die Grenze des Staates Minas Gerais. Bei unserem ersten kurzen Aufenthalt drängten sich an den Autobus armselige Händler mit geschliffenen

Steinchen und Splittern von Kobalt und Achat und allerlei Halbedelsteinen. Es war sicher nicht schwer gewesen, sie hier zu finden. Uns schien die Straße davon zu flimmern. An manchen Stellen schien sie uns mit Splittern von Halbedelsteinen dicht bestreut.

Wir sahen erschrocken und gleichzeitig mit brennender Neugier das Unbekannte auf beiden Seiten des Weges. Die Mitreisenden erklärten uns, die spitzen, regelmäßigen Hügel, die aussahen, als hätten sie Geometer entworfen, seien Termitenhäuser. Und wenn die Termiten aus irgendeinem Grund auswandern, dann ziehen Schlangen in ihre leeren Behausungen ein.

Die Straßen, die Bäume, die Hütten waren nach und nach mit einem rötlichen eisenhaltigen Schwefelstaub bedeckt. Sogar das bißchen Wäsche im Hof der Baracke war rot bestäubt und auch der kümmerliche einzelne Bananenbaum, der die Bewohner ernährte.

An manchen Stationen stiegen die Reisenden aus zum Essen und Trinken. Wir beide, wir sparten. Wir kauften nur den Kindern etwas ab, die mit allerlei Früchten angeschwirrt kamen, schwarze und weiße Kinder, alle in Lumpen. Ihr Früchte, als seien sie auch Edelsteine, waren mit großer Sorgfalt, vielleicht in der vorangegangenen Nacht, zum Verkauf vorbereitet. Sie boten Orangen an, die beiden Schalenhälften waren geschnitzelt, auch Ananas und Zuckerrohr.

Eliza hatte uns bei Verwandten in Belo Horizonte Quartier verschafft. Es war eine lauwarme Nacht. Wir schliefen auf der Veranda. Wir waren freundlich, doch ohne viel Drum und Dran empfangen worden. Frühmorgens tranken wir in der Nähe heißen Kaffee, und wir fuhren in das neue unbekannte Gebirge. Die Dörfer glänzten in der Frühe, gut rochen die Wälder. Ich sagte: ›Vielleicht sieht Thüringen ähnlich aus oder der Harz?‹

Maria sagte: ›Ach nein, ich glaube, dort sieht alles ganz anders aus.‹

Ich sah jetzt mit ihren Augen den verwilderten, ungebändigten Wald und auch vor den Hütten zerfallene Veranden – niemand in diesen Familien hatte noch Kraft genug, um sie abzustützen.

Da unser Autobus in Congonhas hielt, kamen wir nicht wie die Pilger im Tal an. Von unserer Haltestelle, dem Dorf auf der Höhe, mußten wir zur Kirche hinuntersteigen. Wir hatten sie schon von weitem erblickt, weiß, im Morgenlicht schimmernd, über den Dächern und über dem Wald. Wir hielten schweigend und schnell auf sie zu.

Statt einzutreten, stiegen wir sofort, beklommen und freudig, die stolz geschwungene Treppe hinunter.

Gleich vor dem ersten Sockel blieben wir stehen. Wir sahen bestürzt hinauf an den Gewandfalten des Propheten. Schon was wir zuerst erblickten, in seiner Schönheit und Macht, jagte uns beinahe Angst ein. Maria Luísa legte vorsichtig ihre Hand auf den Stein. Sie folgte langsam einer der eingemeißelten Falten.

Plötzlich stand zwischen uns ein Mönch, der aus der Kirche gekommen war. Er hatte uns schweigend zugesehen, dann erbot er sich, manches zu erklären. Er führte uns zuerst zurück in die Kirche. Maria Luísa bekreuzigte sich. Sie ging daheim nie in die Kirche, und ich hatte sie nie gefragt, ob sie katholisch getauft sei.

Als wir zurücktraten vor den Propheten, sagte der Mönch: ›Hier seht. Sein Lehrling hat ihm den Meißel an den Armstumpf gebunden. Man sieht es an den Kerben, die die Falten bilden. Doch dieses Gesicht sieht aus, als hätte der Künstler nur Gedanken, keine Hände gebraucht.‹ –

Treppenabsatz nach Treppenabsatz, Prophet nach Prophet geleitete uns der Mönch. Maria und ich, wir wechselten zufällig ein paar Worte. Da sagte der Mönch auf deutsch: ›Ei, Kinder, wo seid ihr her?‹

Wir sagten: ›Aus Thüringen. – Ich aus Ilmenau.‹ – ›Ich aus Erfurt.‹

Und er sagte: ›Ich bin aus Bayern.‹ Sein Orden habe ihn vor ein paar Jahren hierhergeschickt.

Ich sagte: ›Haben Sie Heimweh?‹

Er erwiderte lächelnd: ›Nach was denn? Mein Heim ist immer bei mir.‹ –

›Ich meine Ihr wirkliches Heim.‹ –

›Ei, Kinder, wollen wir streiten, was denn das wirkliche Heim ist?‹

Er fragte uns nichts mehr. Er stieg mit uns bis zum Talgrund. Beim Abschied sagte er freundlich: ›Wenn ihr übernachten wollt, ohne viel Geld auszugeben, könnt ihr da oben rechts in unser Hospiz gehen.‹ –

Wir waren aber schon übereingekommen, spätabends nach Belo Horizonte zurückzufahren.

Er verließ uns vor der Grotte im Tal. Er wünschte uns gute Heimkehr.

Wir beschlossen, als seien wir auf einer Wallfahrt, noch einmal langsam hinaufzusteigen. Wir überholen eine alte Mulattin in einem verkrumpelten, von der Reise mitgenommenen Kleid. Man sah, wie schwer ihr der Anstieg fiel. Ich fragte Maria Luísa: ›Was murmelt sie immer vor sich hin?‹

Maria Luísa, die mich leichtfüßig mit sich zog, sagte halb ernst, halb im Ton eines Gedichtes: ›Gegrüßt seist du, Maria. Der Herr sei mit dir. Du bist voller Gnaden. Gesegnet seist du unter den Frauen, und gesegnet sei die Frucht deines Leibes, Jesus. Amen. Heilige Maria, bitte für uns arme Sünder jetzt und in der Stunde unseres Todes.‹

Ich sagte: ›Was hat das für einen Sinn, andauernd dieselben Worte zu wiederholen?‹

Ich glaubte schon, sie hätte mir gar nicht zugehört, da sagte sie plötzlich: ›Doch. Es hat Sinn. Du hast auch dauernd denselben Gedanken, denselben Wunsch. Das steckt in den Worten.‹ –

Sie sagte ein Jahr später vor dem Abschied: ›Du erinnerst dich sicher an unsere Fahrt nach Congonhas do Campo? Ich habe damals auf der Treppe andauernd gebetet, daß du bleibst. Ich bin wohl nicht stark genug, ich bin wohl nicht gut genug, so daß man mich nicht erhört hat.‹

Wir weinten, und ich streichelte sie und schwor, sie sei die Beste von allen.

Dabei dachte ich flüchtig, warum sie mir diese schwere Last auf die Reise mitgab, und beinahe gleichzeitig oder eine Sekunde später dachte ich: Warum hab ich so etwas gedacht?« –

Auf einmal trat Günter Bartsch zwischen uns, der frische, vergnügte junge Mensch, der an Triebels Tisch aß. Er sagte: »Heute nacht, Triebel, treffen wir uns auf der Brücke, wie gestern. Und Ihnen, Hammer, rate ich«, wandte er sich mir zu, »wenn Sie auf dieser Fahrt das Kreuz des Südens richtig sehen wollen, bevor es abrutscht vom südlichen Sternenhimmel, mit uns auf die Brücke zu kommen.«

Ich stimmte sofort zu. Ich freute mich auf den Unterricht in Sternenkunde.

An diesem Nachmittag forderte Triebel mich auf, ihn zu begleiten. – Ich wußte, daß er über wichtige Dinge am liebsten im Gehen sprach. »Mein Vater«, begann er, »hat wohl den ausschlaggebenden Brief im Frühjahr 46 erhalten. Aus Deutschland, von seinem alten Berufsfreund, der ihm nach Beendigung des Krieges schon zwei- oder dreimal geschrieben hatte. Mein Vater las diesen Brief zuerst allein, besonders gespannt und aufmerksam. Dann las er ihn mir laut vor. Die Universitäten, hieß es im Brief, würden in Deutschland wieder geöffnet. Noch sei ein furchtbarer Mangel in allen Berufen, und wer das begreife, sei hinter Lehren und Lernen her. Denn beides bräuchten die zerrütteten Menschen wie Brot in den zertrümmerten Städten. Doch stünden die Pläne zum Wiederaufbau bereits fest.

Mein Vater kam schnell auf sich selbst zu sprechen. Ein Arzt seines Faches und seiner Gesinnung sei furchtbar nötig. Er wisse noch nicht, in welche Stadt man ihn versetze. Was mich anbeträfe, der ich mich auf Innere Medizin legen wolle, ich müsse in Berlin fertigstudieren oder in einer anderen Stadt.

Ich widersetzte mich heftig. Ich wollte mich um keinen Preis von Maria Luísa trennen. Und all die Gründe, die meinen Vater bewogen, so rasch wie möglich nach Deutschland zurückzukehren, schlugen bei mir nicht ein.

Mein Vater hörte mir still zu, und er antwortete: ›Maria Luísa. Ja, wenn sie sich selbst kein Geld beschaffen kann, um gleich mit uns zu fahren, dann kannst du sicher dort ziemlich schnell für ihre Reise Geld verdienen. Ein wenig Geld besitzt sie wohl selbst noch.‹

Auf meinen verzweifelten Widerspruch machte er mir mit Härte klar, daß ich mich hier unmöglich allein als Arzt ausbilden könnte. Wovon wollte ich mich ernähren? Wovon das Studium bezahlen? Meinen Unterhalt? Meine Wohnung? Ob ich etwa Maria zuliebe einen anderen Beruf ergreifen wollte? Verkäufer in einem Geschäft? Da sei ich bis in die Nacht besetzt. Und etwas anderes sei noch schwerer. Ich würde glatt verkommen. Die Freunde schickten ihm selbst knapp das Rückreisegeld. Er könnte mir kein Geld zurücklassen.

Mein Studium müßte ich sofort an den Nagel hängen. Denn jede Schulung, wie ich ja wüßte, sei teuer. Wenn ich also auf eigenen Füßen stehen wollte, müßte ich mir eine Stelle suchen oder ein Handwerk lernen.

In Deutschland, klar gesagt, im Osten von Deutschland, könnte ich vernünftig mein Studium beenden und nützlich werden für viele Menschen, und das sei das Wichtige. Und überdies könnte Maria Luísa, wenn ich nicht von ihr lassen wollte, nach einer gewissen Zeit zu uns fahren. –

Es blieb nicht bei diesem Gespräch, wir redeten oft hin und her. Mein Vater, den ich bisher nur als meinen Freund kannte, war in dieser Sache unnachgiebig. Von uns beiden war er der Stärkere. Ich will alle Zwischenstufen übergehen.

Maria Luísa sagte: ›Ich habe geahnt, daß du wegfahren wirst.‹

Doch mit der Vorbereitung der Reise, mit dem Warten

auf Pässe verging noch eine gewisse Zeit. In diesen Wochen, wie auf Verabredung, sprachen wir plötzlich nicht mehr von Abschied. Wir lagen aneinandergeschmiegt am Strand. Ich fühlte nur einmal, daß ihr Gesicht von Tränen naß war.

Ich sagte: ›Sei sicher, daß auch dein Geld zur Überfahrt bald hier ist.‹ Ich fügte hinzu: ›Wenn dir deine Tante oder Eliza nicht gleich genug leiht.‹

›Ach, meine Tante Elfriede‹, sagte Maria trübe, ›was sie sagt oder denkt, ist so gefärbt wie ihr Haar.‹ Sie richtete sich auf und sagte zornig: ›Sie hat mich immer zwingen wollen, in ihrem Blusengeschäft zu verkaufen. Das würde sie von dir genauso fordern.‹« –

»Ich schrieb Maria Luísa vom ersten Tag an alles, was ich in Deutschland sah.

Millionen Kriegstote. Millionen, Millionen. Aber was ich erblickte, wofür war das die Strafe? Zertrümmerte Städte, hohläugige Menschen, die sich, soweit sie noch Kräfte zum Gehen hatten, zu irgendeiner Verteilungsstelle schleppten und Tütchen voll Hafer oder Gerste und ihre Brotration oder eine Handvoll Zucker bekamen. Und auch in Berlin, auf der Suche nach meines Vaters Freunden, stiegen wir durch längst nicht mehr vorhandene Straßen, über Berge von Trümmern. Alte und Junge wühlten in den Trümmern nach irgend etwas Verwertbarem oder Verkaufbarem. Sei es nur eine Schraube oder der Rest einer Matratze. Man sah durch die zusammengestürzten Häuser tief hinein in Schlafzimmer und Badezimmer, manchmal tauchte ein Mensch darin auf. Es geschah, daß vor unseren Augen alles zusammenstürzte und die Bewohner in den Trümmern begraben wurden. –

Mir war schon in Antwerpen, wo unser Schiff kurz angelegt hatte, höchst seltsam zumute gewesen, als ich ein erregtes Gespräch anhörte, ob man die Innereien der Fische, Rogner und Milchner, den hungrigen Kindern in dem zertrümmerten Deutschland schicken solle.

So furchtbar war in den betroffenen Ländern der Haß gegen die Nazisoldaten, die zahllose Menschen zugrunde gerichtet hatten und Dörfer und Städte zerstört, daß dieser Haß selbst die Kinder traf.

Ich hätte sicher besser getan, in meinen Briefen an Maria Luísa solche Erlebnisse und solche Gespräche zu verschweigen.« –

Er brach seine Beschreibung ab. Er schwieg. Ich sagte: »Nein. Darauf gibt es keine einfache Antwort. Sie waren durch Jahre gewohnt, mit Ihrem Mädchen offen über alles zu sprechen. Und abgesehen von euch beiden, was sich in diesem Krieg begab, wird lange für viele Menschen ein Rätsel bleiben, ein furchtbares Rätsel. Doch wer nicht abgestumpft ist, muß versuchen, das Rätsel zu lösen.«

»Was für ein Rätsel?«

»Nun, die Unmenschlichkeit, die Grausamkeit von Menschen, aus denen ein Goethe hervorging, ein Beethoven, und ich weiß nicht, wer alles.«

»Waren denn alle auf einmal grausam, unmenschlich geworden? Ich weiß es nicht. Was mir vor Augen kam auf meinem Weg durch die zertrümmerte Stadt, versuchte ich mit etwas zu vergleichen, was ich kannte. Ich dachte an die lange Fahrt, die Maria Luísa und ich im Autobus nach Minas Gerais gemacht hatten. Zerfallene Hütten mit rotem Staub bedeckt. Das Leben in solchen Hütten war uns damals unerträglich erschienen. Doch heute erschien es mir unerträglich, in einer dieser Ruinen zu hausen, in einem ihrer windoffenen Winkel.

Das Zimmer, in dem ich zuerst wohnte, war trotz seiner zusammengeklebten Fensterscheiben noch ganz gut im Stande. Meine Wirtin war eine alte Frau. Sie erzählte mir, wo und wann, an welcher Stelle des Erdteils, sie einen der Söhne und Enkelsöhne und Brüder verloren hatte. Sie war nicht eigentlich mißgelaunt. Die Vorderhäuser waren allesamt weggebombt, so daß sie jetzt, die sie ihr Lebtag in einen finsteren Hof geblickt hatte, auf eine breite Straße mit Bäumen sah.

Manchmal kamen zwei oder drei alte Weiblein auf Besuch, um mich, den Fremden, zu betrachten. Vor allem, weil meine alte Wirtsfrau ihnen brasilianische Kaffeebohnen schenkte. Dann zählten sie wohl stundenlang ab, damit jedes die gerechte Ration bekäme.

In diesem Haus geschah bald etwas Furchtbares, was sogar die stumpfe Wirtin erschreckte. Unter uns wohnte eine Familie mit einem Großvater und einigen Kindern. Wie beinahe überall, wurde der Brotlaib von der Familienmutter im voraus gekerbt. Verzweifelt vor Hunger, schlich sich der Großvater nachts in die Küche und biß in das Brot und verschlang ein Stück, ein paar Kerben breit. Der älteste Junge war aufgewacht, und er hatte ihn überrascht, und der Großvater, vor Angst und Scham, stach aufs Geratewohl mit dem Brotmesser nach dem Jungen.

Auch diese Begebenheit schrieb ich, wie alles, was ich erlebte, in einem langen Brief an Maria. Dabei begriff ich nicht, daß sie unmöglich von diesen tagebuchartigen Briefen etwas verstehen konnte. Mit der Post war's schlecht bestellt. Maria Luísa war weit weg, auf einem anderen Erdteil. Als ich den ersten Brief bekam, war ich zwar nicht an meine Umgebung gewöhnt, sie hatte aber bereits ihre grimmige Wucht verloren. Ich dachte darüber nach, ob ich Kinderarzt werden sollte oder Tropenarzt. Kinderarzt schien mir bitter nötig. An eine Lehrstätte für Tropenmedizin war damals noch nicht zu denken.

Maria Luísa schrieb mir noch in das Haus, in dem der alte Mann seinen Enkel erstochen hatte. Ihr sei es undenkbar, in solcher Umgebung nachdenkend und stolz zu bleiben, und das sei ihr die Voraussetzung eines wahrhaften Lebens. Zwar, sie bewundere mich, doch würde nicht unsere Liebe darunter leiden, wenn sie andauernd solchen Qualen ausgesetzt sei, solchen Abstumpfungen? Ich möchte ihr aber weiterhin alles, alles schreiben, damit sie sich bei mir fühle, meine Nähe ein wenig spüre.

Ja, hungrig und böse waren die Leute. – Ich muß Ihnen

alles erzählen, obwohl Sie es kennen. Sie würden sonst nicht verstehen, was sich daraus Besonderes ergab für Maria und mich. Denn das Besondere, wie ich es schon ein paarmal nannte, hat erst vor kurzem sein Ende gefunden, am Vorabend unserer Abfahrt. Wie lange sind wir schon unterwegs?«

»Warten Sie mal. Ich glaube, fünf Tage.«

»Dann ist es endgültig vor sechs Tagen fertig geworden. Wenn es so etwas überhaupt gibt. Fertig werden. Ein Ende finden. Wo bin ich stehengeblieben?«

»Wie böse und hungrig die Leute waren.«

»In den lichtlosen Bahnen, die die Stadt durchquerten, hörte man nur verzweifelte Berichte, Wutausbrüche, Notrufe. – Ich kann mich erinnern, wie eines Tages in so einer vollgestopften Bahn – oder war es ein Bahnhof – etwas Eigentümliches für alle überraschend ertönte. Ein fröhliches, vielstimmiges Lied, mit Kraft und mit Schwung gesungen. Die Leute horchten auf, sie schüttelten die Köpfe, es dauerte ein paar Stationen, ehe ihr Schimpfen und Klagen wieder losging.

Etwas später erfuhr ich, eine Gruppe der neugegründeten Freien Deutschen Jugend hätte das Lied angestimmt.

Als ich kurz darauf Student wurde, begann sich auch auf der Uni die FDJ zu formieren. Manche traten ein, die aufrichtig antifaschistisch waren, das Alte haßten und sich mit der Sowjetbesatzung und mit den neuen Gesetzen im Einklang fühlten. Oft wurden damals Mitglieder der FDJ nicht nur daheim wie verlorene Söhne behandelt – Brüder und Väter waren Nazi gewesen, vielleicht geblieben –, sie wurden manchmal auf der Straße verprügelt, ja blutig geschlagen.

Ich trat in die Gruppe ein, die sich in meiner medizinischen Fakultät gebildet hatte.

Zu meinem Glück wurde damals eine Art Behelfsheim für Studenten eingerichtet. Oft wohnten drei oder vier in einem Zimmer. Ich war aber, wie ich Ihnen erzählte, an keine große Wohnung gewöhnt. Meine Handkoffer baute ich, wie in der Emigration, als Tisch zusammen. Unsere Lehrer waren ganz verschieden. Ausgezeichnete Ärzte, die heute fast berühmt sind, aber auch ein paar Schwindler, die sich den Lehrstuhl damals erschlichen hatten. Und das kam auch bald raus, und sie wurden verjagt. Manche halbfertig studierte Leute lernten gewissenhaft in unserer Mitte.

Einmal kam es vor, daß zum Nürnberger Prozeß, der ja immer noch lief, ein junger Arzt zitiert wurde. Er hatte in einem KZ als Assistenzarzt Dutzenden von Gefangenen tödliche Spritzen verabreicht. Er war der Vorladung nicht gefolgt. Er hatte sich erschossen.

Wir Studenten beredeten dieses Ereignis bis in die Nacht. Damals sprachen alle unverblümt ihre Gedanken aus. Einige, aber nicht viele, zeigten unumwunden ihr Mitleid mit dem Toten. Andere betonten seine Schuld. Es gab auch manche, welche empört erklärten, es sei eine Schande, Menschen zu strafen, die im Krieg ihrer Gehorsamspflicht gefolgt seien. Solche Ansichten äußerten manche alte Studenten, die ihr Studium im Krieg unterbrochen hatten, vielleicht vordem Hitler-Anhänger.

Es gab ein heilloses Durcheinander von Meinungen. Mitleid? Wieso? Warum Gehorsamspflicht? Was hat damit der Nürnberger Prozeß zu tun?

Auf einmal sagte eine sehr junge Studentin, sie fiel einem kaum auf, weder war sie schön noch gesprächig: ›Wenn Unrecht geschehen ist, und wer kann daran zweifeln in diesem Fall, dann gibt es auch ein Gericht. Ob die Sühne erfolgt durch das sogenannte Nürnberger Gericht oder durch einen Schuß auf sich selbst, wie es dieser unglückselige Mann getan hat, an seiner Schuld kann kein Zweifel sein.‹

Bis jetzt war das Mädchen in unserem Kreis nie beachtet worden. Auf einmal wurde es totenstill. So aufmerksam hatten wir zugehört, dachten wir hinterher nach. Ich hatte plötzlich das Empfinden, Maria Luísa sei in unserer Mitte aufgetaucht. Mit ihrer weichen, aber entschiedenen

Stimme hätte sie ihre Meinung gesagt. Heimweh ergriff mich, stärker als je in der letzten Zeit. Ich war überzeugt, daß morgen ein Brief eintreffen müßte.

Ich möchte noch einmal sagen, daß jeder in unserem Kreis freimütig seine Ansicht aussprach. Damals entschied noch jeder, was falsch und richtig war, nach seinem eigenen Gutdünken. Am klarsten hatte das blasse, ruhige Mädchen seine Ansicht geäußert.

Ich merkte nachher zufällig, daß ein junger Mensch namens Gustav, der später Leiter unserer FDJ-Gruppe wurde, bei dem Mädchen saß und ihr sagte: ›Ich gebe dir recht: Ein solcher Mensch gehört vor Gericht gestellt und hart bestraft.‹ –

Und sehen Sie, Hammer, ich beging den Fehler, jedes Gespräch, jede Begebenheit, wie in einem Tagebuch, meiner María Luísa zu schreiben. Wie aber hätte sie mitfühlen können, irgend etwas verstehen? Meine Briefe konnten sie nur bis zur Verzweiflung erregen. Sonst nichts. Ich habe auch, als es zu spät war, erfahren, daß meine Briefe solcherart auf sie wirkten. Ich aber, ich wartete dauernd auf Antwort, auf eine Antwort, die mir Kraft und Trost spenden würde. Doch wenn ein Brief kam, stand darin: ›Ich könnte ein Leben wie Deins nicht ertragen.‹ –

Es gab aber auch gute Erlebnisse«, fuhr Triebel fort. »Und wenn Maria die geblieben wäre, die sie in unserer Jugend war, dann hätte sie einen solchen Brief, ein solches Vorkommnis mit Staunen gelesen.

Einmal nahm Gustav mich mit in irgendeinen Betrieb. Dort hielt ein sowjetischer Leutnant einen Vortrag. Vor allem war er bereit, auf alle Fragen zu antworten. Es war ziemlich voll. Es war rauchig und stickig. Es war trotzdem kalt. Vielleicht war der Leutnant nur drei Jahre älter als ich. Zuerst stellten die Menschen allerlei Fragen nach der Arbeit, nach dem Lohn, nach den Schulen in der Sowjetunion. Auf einmal erhob sich ein junger Bursche, wohl so alt wie der Leutnant. Seine Kollegen ahnten, daß

gleich etwas Freches aus seinem schiefen Mund kommen würde, denn es war still geworden. Höhnisch still. Die meisten lächelten schon, als er mit scharfer Stimme rief: ›Herr Leutnant, ich möchte Sie auch gern etwas fragen.‹
›Ja, bitte?‹
›Ihr habt meine Taschenuhr geklaut. Wann gebt ihr sie mir zurück?‹
Alles schwieg, sehr belustigt, sehr aufmerksam.
Der blutjunge Leutnant sagte ruhig: ›Sie stellen mir also eine Forderung?‹
›Jawohl‹, sagte der Bursche, wenn möglich, noch frecher, noch barscher. Der ganze Saal wartete gespannt, mit versteckter Belustigung auf Antwort.
Der Leutnant sagte: ›Ich stamme aus der Ukraine. Sie wissen wahrscheinlich, daß die Ukraine das kornreichste Land Europas ist. Trotzdem, in der Besatzungszeit ist dort mein Vater verhungert. Meine Mutter kam um, als man das halbe Dorf verbrannte. Meine Schwester wurde zur Zwangsarbeit nach Deutschland verschleppt. Ich habe nie mehr etwas von ihr gehört. Mein älterer Bruder ist im Krieg gefallen. Mein jüngerer starb im Gefangenenlager.
Ich komme jetzt zurück auf Ihre Forderung. Ich fordere meinen Vater und meine Mutter, meine Schwester, meine zwei Brüder. Sie fordern Ihre Taschenuhr. Halten Sie ihr Verlangen aufrecht?‹
Der junge Arbeiter hat darauf nichts erwidert. Ich glaube, er hat bald still den Saal verlassen.
Es war um uns ruhig geworden. Zwar wurden noch Fragen gestellt, doch meldeten sich vor allem ältere oder zurückhaltende Menschen in ernstem Ton. Alle betrachteten verwundert, mit einer Art Ehrfurcht den Leutnant.
Auch diese Begebenheit schrieb ich Maria Luísa, doch, sehen Sie, drei Monate vergingen, bis ich eine Antwort bekam. Die war ziemlich knapp. Der ganze Brief bezog sich auf andere Angelegenheiten.
Ich hatte inzwischen die Bekanntschaft eines Verlegers

gemacht, der französische, spanische und portugiesische Schriftsteller herausbrachte. Ich schlug ihm in unserem Gespräch den Roman ›Der Mulatte‹ vor. Er ging darauf ein. Und er war zufrieden mit meiner Probeübersetzung. Und ich war zufrieden mit seinem Angebot. Nun, dachte ich, könnte ich schneller Geld zurücklegen für die Herreise von Maria Luísa.

Als ich schließlich von ihr Antwort bekam, zugleich auf die Ankündigung des Reisegeldes und auf das Erlebnis mit dem sowjetischen Leutnant, kam mir ihr Brief seltsam wirr vor, als hätten ihn drei Menschen durcheinandergeschrieben. Doch immerhin, der Brief kam von drüben, und ihre Schrift war beinahe ihr Bild. Auch fühlte ich einen sanften Ton heraus: Mein Leben sei schon schwer. Ich möchte mich ja nicht ihrethalben krank schuften. Was sei gewonnen, wenn ich ernstlich erkrankte?

Ich tröstete sie, ich sei gesund, ich fühle mich stark.

Ich bereitete mich auf ein Examen vor. Gleichzeitig gewöhnte ich mir an, bis in die Nacht hinein zu übersetzen.« –

Wie wir ausgemacht hatten, stieg ich nachts auf die Brücke, Bartsch und Triebel würden gleich kommen. – Obwohl ich auf dem Land aufgewachsen war und die Nacht oft im Freien verbracht hatte, kam es mir vor, ich hätte noch nie so helle Sterne gesehen. Es gab bei uns wohl auch keine so hellen wie die, die über mir standen am südlichen Himmel. Wenn ich sie lange betrachtete, entstand ein flimmriges Kreiseln in dem blauschwarzen Himmel, der von nichts unterbrochen wurde, weder von einem Stadtrand noch von einem Turm noch von einem Gebirge. Aber das flimmrige Kreiseln war noch stärker in seinem Abbild auf dem ruhigen, doch immer aus eignem Antrieb bewegten Meer. Ich konnte nicht mehr verstehen, warum ich mehrere Nächte, statt hier zu stehen, Schlaf gesucht hatte oder den betrunkenen Woytek beruhigt oder geschwatzt mit Sadowski oder Schach gespielt mit dem polnischen Jungen oder geraucht oder was weiß ich.

Triebel und Bartsch kamen herauf.

Bartsch gab sich Mühe mit mir, damit ich das Kreuz des Südens fand, das in den südwestlichen Himmel gerückt war mit dem ganzen Zentaur, dem Sternbild, dem es folgt.

Ich war erstaunt, wie gut sich Triebel da oben auskannte. Er, der von den Ereignissen, die ihn hier unten betrafen, so stark verwirrt war, kam mir voll klarem Verständnis vor, wenn er im Sternenhimmel etwas bestimmte.

Er sagte: »Ich hatte mir früher unter dem Kreuz des Südens etwas Gewaltiges vorgestellt, so daß ich enttäuscht war, als es mir ein Lehrer zeigte. Diese Sterne, die miteinander verbunden ein Kreuz bilden, waren sicher für all die Eroberer etwas Packendes, Unvergleichliches, das Symbol der Eroberungen, die ihnen bevorstanden, der Kurs ihrer Schiffe war darauf gerichtet.«

»Ach ja«, sagte Bartsch, »es war ein Wahrzeichen geworden und richtunggebend für ihre Schiffe und Kapitäne, und in ihrer Einbildung hat es wahrscheinlich aus dem Himmel herausgeleuchtet. Und dieses eingebildete Leuchten hat es für uns auch heute noch.«

»Es ist schon abgeglitten«, sagte Triebel. »Bald wird es aus unsrem Blickfeld rücken. Ich werde mich aber nach diesen Sternen sehnen, wenn wir wieder daheim im Norden sind.«

Ich sagte: »Warum? Auch bei uns ist der Himmel von Sternen übersät, wenn wir wirklich hinaufsehen.«

»Ich werde mich aber gerade nach diesen sehnen.«

Bartsch erklärte mir geduldig die Bahn, die von Stern zu Stern schließlich zum Großen Bären führte.

Triebel kam noch einmal auf seinen Gedanken zurück: »Wenn wir uns einbilden, Konquistadoren seien aus dem Süden aufgebrochen und in den Norden vorgestoßen, dann hätten sie die Größe des Weltalls nur durch die Sterne erfassen können; denn sie wären zu Schiff vom Süden nach Norden gefahren. Schließlich wäre das Kreuz des Südens, das ihnen bis dahin heilig gewesen war, zurückgeblieben. Nachdem sie den Äquator hinter sich hatten, wäre dann vor ihnen der Polarstern aufgetaucht und jenes Sternbild, das wir Kleiner Bär nennen. Wahrscheinlich wäre der Polarstern für diese Konquistadoren der Leitstern geblieben und dauerndes Symbol. Freilich, diese Eroberer aus dem Süden sind einzig und allein meine Erfindung.« –

Auf meine Frage sagte Bartsch, er stamme aus Schlesien. Dort war sein Vater Industrielehrer gewesen. Er selbst studiere auf der Bergakademie in Freiberg. Vielleicht befasse er sich soviel mit Sternen, weil das Innere der Berge zu seinem Beruf gehört.

Am nächsten Morgen faßte mich Triebel unter den Arm und zog mich an unseren gewohnten Platz. Er redete rasch und heftig auf mich ein, als könne er die Geschehnisse ändern, auf die er zusteuerte.

»Gustav, der Leiter meiner Gruppe, hätte mein Freund werden können, wenn ich damals zu irgend jemand wirklich Vertrauen aufgebracht hätte. Die Liebe aber verzehrte mich ganz und gar. Ich lief manchmal auf die andere Straßenseite in dem Gefühl, Maria Luísa sei eben um die Ecke gebogen. Ich wartete jeden Tag erregt auf Nachricht. Und wenn, was meistens der Fall war, keine kam, zerbrach ich mir Kopf und Herz.

Ich hatte aber – jetzt sage ich, zum Glück – nicht gar zuviel freie Minuten. Wir mußten viel arbeiten. Mir stand eine Zwischenprüfung bevor, zudem gab es noch die besondere Arbeit, die ich mir beim Verlag verschafft hatte.

Eines Tages, als ich zufällig irgendwo allein saß und über eine Wendung nachdachte im letzten Brief, den mir Maria Luísa geschrieben hatte, eine Wendung, die mir unklar und unsicher vorkam, setzte sich Gustav wie durch Zufall neben mich. Er sagte nicht unfreundlich, er wolle etwas Dringendes mit mir besprechen, und ich unterbrach meine Gedanken, wie man ein Buch zuschlägt.

›Sag, Ernst‹, begann er, ›du bist jetzt schon ziemlich lange bei deinem Studium. Du kommst voran. Warum beteiligst du dich so wenig an unserem Leben? Nur selten kommst du abends in irgendeine unserer Versammlungen. Du hörst dir nie Vorträge an. Du lebst immer allein.‹

Ich erwiderte zögernd: ›Von der Zwischenprüfung abgesehen, die mir bevorsteht – ich muß die Arbeit für einen Verlag pünktlich beenden. Es gibt außer mir niemand, der aus dem Portugiesischen übersetzt.‹

Gustav dachte nach. Ich konnte ihn auch deshalb gut leiden, weil er über die Menschen nachdachte und nie schablonenhafte Antworten gab. Er sagte schließlich: ›Ich kann begreifen, daß du noch immer an diesem Land, seiner Sprache, seinen Büchern und seinen Menschen hängst. Glaubst du aber nicht, es sei an der Zeit, das Land, das schließlich dein eigenes ist, gründlich zu kennen? Mir kommt es wichtiger vor, du streitest mit unseren Studenten und du vertrittst unsere Meinung, als daß du die halbe Nacht für diesen Verlag übersetzt.‹

Ich sagte etwas knapp: ›Ich hab nun mal den Vertrag unterschrieben. Die Übersetzung eilt.‹

Jetzt ließ aber Gustav nicht mehr locker. ›Dein Vater‹, erwiderte er, ›hat eine Professur in Greifswald. Er schickt dir, was du brauchst. Das hast du selbst mal gesagt. Du hast dein Stipendium. Warum mühst du dich ab mit dieser schweren Verlagsarbeit? Du bist ja wohl nicht gezwungen, Geld zu verdienen?‹

Was ich erwiderte, bereute ich sofort: ›Doch. Doch. Ich bin dazu gezwungen. Ich selbst brauche das Geld nicht. Aber ein Mensch, der mir nahesteht, braucht es so schnell wie möglich.‹

Gustav erwiderte nichts. Er sah mich aber so erstaunt

an, daß ich ihm von selbst das Wichtigste erklärte: ›Wir lebten, wie du weißt, viele Jahre in Brasilien. Dort war ich und bin ich mit einem Mädchen verbunden – eine engere Freundschaft ist gar nicht denkbar. Wir wollen so rasch wie möglich wieder zusammen sein. Aber die Reise ist teuer. Da muß ich mich anstrengen, um das Reisegeld zu sparen.‹ –

›Das kannst du doch gar nicht, Ernst, wenn du es richtig überlegst. Will das Mädchen wirklich hierher zu dir, dann muß man sich etwas andres ausdenken, du kommst nicht voran mit diesem Abmühen und Sparen.‹

Ich wollte ihm widersprechen, aber ich schluckte die Antwort. Er ließ mich allein. Ich glaube aber, er hat noch viel über mich nachgedacht. Ich glaube, er war viel zu ordentlich, zu ungewohnt war er an Schwierigkeiten, wie sie mit meinem Plan verbunden waren – vielleicht dachte er auch daran und wollte davon nichts erwähnen.

Ich selbst war fast verzweifelt in diesen Tagen, weil ich mir schließlich ausrechnen mußte, wie es wahrscheinlich Gustav schnell ausgerechnet hatte, daß Maria die beträchtliche Summe, die ich erarbeitete, in Bruchteilen nichts nutzen könnte. Ich beschloß, mit der Sendung zu warten, bis ich, nach Ablieferung der ganzen Übersetzung, das Honorar in der Hand hätte. Ich schrieb Maria Luísa, jetzt bräuchte sie nur noch ein Vierteljahr zu warten, dann sei ihr ein großer Teil Reisegeld sicher. Mir käme es besser vor, alles auf einmal abzuschicken statt in Raten.

Auf diesen Brief bekam ich bald Antwort. Ich öffnete ihn eilig und zugleich vorsichtig, damit kein Riß entstünde, als könnte ich dadurch Maria verletzen. Ich stutzte aber beim Lesen, ich las den Brief wieder und wieder, und als ich gewisse Sätze auswendig kannte, fing ich zu grübeln an. Schon früher hatte Maria Luísa manchmal eine eigentümliche Wendung gebraucht, die mich auf den Gedanken brachte, sie fange an zu zweifeln an unsrem Wiedersehen. In diesem Brief hieß es: ›Mein lieber Ernst, schicke mir bitte kein Reisegeld. Wenn ich plötzlich zu Dir fahren würde, dann könnte ich mir wahrscheinlich hier irgendwie das nötige Geld beschaffen. Du aber spare nicht mehr für mich. Das bedeutet ja für Dich ganz zermürbend viel Arbeit. Ich will es nicht, und ich brauche es nicht.‹

Ich dachte einmal, sie hat den Gedanken, zu mir zu kommen, aufgegeben, und mein Herz wurde schwer wie Blei. Dann glaubte ich wieder, sie denkt dasselbe wie Gustav. Ich fühlte aber in dunklen, bittren, ehrlichen Nächten, daß ihr Drängen auf ein gemeinsames Leben nachließ, wenn sie den Wunsch nicht schon aufgegeben hatte. Ich horchte in die Nacht, und ich quälte mich, und ich dachte auf einmal: Man kann auch unglücklich leben. Wer hat schon, wonach er sich sehnt, von all den pfeifenden und grölenden Nachtmenschen? Ich habe mein Studium, an dem ich hänge, ich habe solche Freunde wie Gustav. Ich beschloß, zu ihm zu gehen und mit seiner Hilfe mein ganzes Leben zu ordnen. Denn er hatte recht. Das ständige Warten verbrauchte meine Kraft.

Ich schrieb Maria Luísa, ihr letzter Brief sei mir unbegreiflich. Sie müsse mir mitteilen, ob ich das Geld an ihre alte Adresse schicken könne. Darauf bat sie mich noch einmal dringend, ihr unter keinen Umständen Geld zu schicken. ›Du willst mir doch keinen Kummer machen?‹, so schrieb sie. Sie schrieb aber auch: ›Was glaubst Du, was meine Tante macht, wenn die Sendung an sie gerät? Es ist sogar besser, auch Deine Briefe schickst Du an Eliza.‹ Sie fügte hinzu, als hätte dieser Bescheid das geringste mit uns zu tun: ›Seit Du weg bist, ist meine Freundin Eliza eine ganz große Künstlerin geworden. Wenn sie spielt, kann sie einen glücklich oder verzweifelt machen.‹

Obwohl mich diese Eliza nichts anging, sah ich sie plötzlich vor mir: ein unschönes, knochiges Mädchen, schweigsam, mit schrägen Augen. Doch wenn sie am Klavier saß, war man plötzlich in einer anderen Welt.

Ich schrieb zurück, aber erst nach einer gewissen Zeit,

damit auch Maria einmal lerne, was Warten bedeutet, mir wäre es klargeworden, daß die Zeit Macht über sie hätte, ihre Versprechungen seien wie Luft verweht, sonst wäre ihr jedes Mittel recht, sich mit mir zu vereinen.

Ich rührte natürlich das Geld nicht an, das mir der Verleger auszahlte. Was ich Maria geschrieben hatte, glaubte ich selbst nicht. Mein Herz klopfte vor Freude, als sie mir zurückschrieb, nach einer gewissen, nicht allzu langen Pause, wie ich nur so etwas denken könne über die unumstößlichen Versprechungen unserer Jugendzeit.

Sie gebrauchte den Ausdruck ›Jugendzeit‹, als seien wir während der Trennung gealtert. Wirklich, wie ich die Zeit nachrechnete, vielleicht seit dem Abschied zum erstenmal genau, ohne mir etwas vorzumachen, erschrak ich, weil wirklich Tage und Monate und sogar Jahre verflossen waren. –

Um diese Zeit gab es viel mehr Ausspracheabende mit den Studenten als später. Die Aussprachen waren echt. Niemand hielt mit seiner Ansicht hinter dem Berg. Der Leiter des Abends hielt sich an irgendein Thema, zum Beispiel ein neues Buch, und forderte die Zuhörer auf, Fragen zu stellen. Dann hörte man oft krasse und falsche, aber offene und ehrliche Meinungen, während jetzt, nach verhältnismäßig wenig Jahren, die meisten jungen Leute nur vorbringen, was als richtig anerkannt wird. Sie lügen zwar nicht, sie quälen sich aber nicht mit Zweifeln und Einwänden. Sie warten das Anerkannte ab. Sie glauben dann fest, und das ist daran das Mißliche, sie hätten es von vornherein selbst anerkannt.«

Ich sagte: »Bei uns gab es so etwas nicht. Man kann nicht zweifeln an einer Reparatur. Weil es sich augenblicklich herausstellt, wer recht gehabt hat. Oder abwarten, was anerkannt war an einer Konstruktion. Das kann man nicht abwarten aus demselben Grund.« –

»Warten Sie mal. Ich kann nicht glauben, daß es bei Ihnen solche Gefühle nie gab. Nur haben Sie untereinander nie darüber gesprochen.

Auf einem stark besuchten Abend – er fand in der Aula statt – war Gustav der Leiter, und neben ihm saß ein sowjetischer Kulturoffizier, der kaum älter als Gustav war. Als einer der ersten hatte sich ein Student zu Wort gemeldet, den ich nur von Ansehen kannte. Er trug eine Prothese an Stelle des linken Arms. Er sagte scharf artikuliert, in der ganzen Aula gut hörbar: ›Auch ich las das Buch, von dem Sie sprachen. Mir gefiel es nicht, und ich kann dem Lob nicht zustimmen, das Sie ihm spenden. Für meinen Begriff ist es ein süßliches, sogar verlogenes Buch. Es macht mir irgendwelche Gefühle vor. Ich will Ihnen aber offen sagen, daß mir alle Gefühle verdächtig sind. Nach meinen Erlebnissen im Krieg und im Nazismus hab ich mir eins fest vorgenommen: nie mehr auf ein Gefühl hereinzufallen. Ich traue nur Meinungen, die der Verstand hervorgebracht hat und die er mir schwarz auf weiß beweist. Alles andere ist überflüssig.‹

Der Offizier sagte plötzlich in eine kurze, etwas betroffene Pause: ›Was Sie jetzt sagen, ist auch ein Gefühl. Ich kann es Ihnen aber mit meinem Verstand erklären. Wo soll da die Grenze sein?‹

Er hätte wahrscheinlich noch viel hinzufügen wollen, ich war aber aufgesprungen. Ich sagte: ›Wenn Sie ein Mädchen lieben – was hat das mit Ihrem Verstand, mit Beweisen zu tun?‹

Mir war klar, Gustav wußte, worauf ich anspielte, es war mir aber jetzt eins. Die Zuhörer lächelten nicht, sondern hörten ernst zu. Der Gefragte sagte: ›Wenn mir ein Mädchen gefällt, dann würde ich es lange genau beobachten, ob es zu mir paßt.‹

Niemand widersprach ihm, die Gesichter drückten sogar ein gewisses Verständnis, wenn nicht Zustimmung aus. Damals war der Krieg noch keine vier Jahre vergangen. –

Ich fragte mich, ob Maria Luísa abgestoßen sein würde von allem, was sie hier sah und hörte. Mir fiel ein – daran hatte ich nie mehr gedacht –, mit welcher Erregung sie mir als Schulmädchen von Prestes' Frau erzählt hatte, die sich schwanger, mit hohem Leib, schützend vor ihren Mann gestellt hatte, als ihr Versteck entdeckt worden war und Polizisten sich auf ihn stürzten. Sie würde alles verstehen, Maria Luísa, und sie würde immer die richtigen Antworten geben in einem hier ungewohnten, heftigen, vom Gebrauch einer fremden Sprache angeschärften Deutsch.

Da sie mir nur geschrieben hatte, ich möchte ihr um Gottes willen kein Geld schicken, quälte ich mich mit dem Gedanken, ob ich ihre Bitte erfüllen sollte. Ich grübelte auch über den Sinn der Worte nach ›Wenn ich wirklich komme‹. –

Bald schien sie mir unerreichbar, bald sagte ich mir ganz nüchtern, Eliza, die sicher gut verdient, wird ihr das Geld borgen.

Ich hatte in jener Zeit viel Arbeit. – Ich wollte auch Gustav beweisen, daß mir seine Worte zu Herzen gegangen waren. Es fiel meinem Vater auf, bei einem meiner seltenen Besuche, wie blaß und mager ich hier geworden war. Er fragte mich einmal: ›Hörst du noch etwas von Maria Luísa?‹ Ich erwiderte: ›Gewiß. Sie wird bald für immer kommen.‹

Mein Vater war äußerst erstaunt. Er sagte: ›Glaubst du denn, daß sie sich hier einleben kann? Sie war noch ein kleines Mädchen, als sie hinüberfuhr.‹

Darauf erwiderte ich: ›Einleben? Mit mir zusammen?‹ Und ich sagte ihm alle Gründe für ihre baldige Ankunft, mit denen ich mich selbst tröstete, wenn ich nachts vor Verzweiflung wach lag. –

Inzwischen war die Trennung Deutschlands geschehen und die Gründung der Deutschen Demokratischen Republik. Gewiß, ich verstand das Ereignis noch nicht in seiner ganzen Tragweite. Vor allem glaubte ich, und nicht nur ich allein, sondern die meisten jungen Menschen um mich herum glaubten so fest wie ich, Westdeutschland würde bald unserem Beispiel folgen und die Trennung würde nur kurze Zeit dauern. Es gab so viel Aussprachen, so viel zum Nachdenken, daß meine Zeit nicht mehr ausgefüllt war von fruchtlosem Warten. Ich tröstete mich auch, die Post halte jetzt alles auf.

Als die Zeit sich etwas beruhigt hatte und die Veränderungen feststanden, fing ich wieder zu warten an. Ich glaubte, jetzt kämen auf einmal vier oder sechs Briefe, die man mir vorenthalten hätte. Ich glaubte manchmal, Maria Luísa trete plötzlich ins Zimmer. Ich sah sie so deutlich vor mir wie nie: einen Goldschimmer auf dem braunen Haar, die Augen leuchtend in einem jede Sekunde durchlebten Leben, den großen herrlichen Mund. Ich rief manchmal wirklich aus: ›Du Böse! Warum hast du mich warten lassen!‹ Und ich packte sie, und ich küßte sie ab.

Dann war ich plötzlich allein. Meine Einbildungskraft war erschöpft. Draußen stapfte die Nacht von Berlin über all die Trümmer, die man jetzt aufbauen würde. Ja, man fing an aufzubauen. Die Republik schlug Wurzeln. Man hörte nicht mehr in der Aula jemand laut sagen: ›Ich gebe nichts auf Gefühle.‹ Daß niemand mehr so etwas vor soviel Menschen mit aller Offenheit sagte, hatte sein Gutes und wohl auch sein Schlechtes.

Ich hörte wochenlang, ich glaube, Monate nichts mehr von Maria Luísa. Ich stumpfte irgendwie gegen die Zeit ab. Ich dachte: Wieder kein Brief. Wie jegliche Zeit verfloß auch die brieflose Zeit.

Ich las immer wieder und immer wieder die alten Briefe und suchte darin nach einem Anhaltspunkt für ihr beharrliches Schweigen. An Untreue dachte ich nicht. Im Grunde genommen erschien mir unsere Zusammengehörigkeit unverbrüchlich. Ich hatte aber Angst vor einem äußeren Zwischenfall, vor einer Krankheit oder vor einem Umzug, vor irgendeiner Idee dieser Tante, die mir immer unzuverlässig erschienen war.

Freie Abende hatte ich kaum mehr. Auf unseren Versammlungen und Aussprachen kämpften wir damals noch um die Einheit von Deutschland. Viel später wurde die scharfe Trennung der beiden verschiedenen Staaten hervorgehoben als etwas Feststehendes, Unumgängliches.

Zuerst aber waren manche der Ansicht, daß auch in Westdeutschland volkseigene Betriebe entstehen könnten.

Ich glaube, damals fing man an, anders als bisher Fragen zu stellen, wer dem neuen Staat treu war und zuverlässig zu ihm stünde. Manche Studenten, die nur noch ein, zwei Jahre Studium vor sich hatten, sagten, wenn sie sich ohne Zuhörer wußten: ›Ich will meinen Mund halten. Ich kann mich noch immer entscheiden. Mein Examen wird drüben auch anerkannt.‹ Ich hörte aber auch da und dort unterwegs manchen Arbeiter sagen: ›Muß rasch zurück. Hab dem Betrieb eine freie Stunde gegeben.‹ Oder: ›Der Betrieb ist schließlich jetzt uns. Wer hat so was für möglich gehalten?‹

Und weil wir in kleinen Gruppen oder zu zweit die Aussprachen fortsetzten, verkürzte ich nicht mehr meinen Schlaf mit Grübeln über ein tagfernes Leid, denn sicher, mein Leid war es nach wie vor, es war nur gezwungen worden, sich in mein Herz tiefer zurückzuziehen.

Im Laufe des verflossenen Jahres war Gustav mein echter Freund geworden. Seitdem ich ihm kurz erwidert hatte: ›Ihre Familie gibt Maria das Reisegeld‹, stellte er keine Fragen mehr, auf die ich unwillig geantwortet hätte. Er glaubte wohl auch, ich sei jetzt völlig ausgefüllt durch die Vorbereitung zu meinem Examen.

Ich hatte mich zum Wiederaufbau gemeldet, der aus der Stadt die Trümmerberge entfernen sollte, und wenn die Steine von Hand zu Hand gingen, da, wo wir aufbauwilligen Leute Ketten bildeten, sahen oft Menschen zu mit fassungsloser oder auch spöttischer Miene. In meiner Nähe sah ich Maria Luísa stehen und fröhlich und achtsam die Steine fassen. Ich sah sie überall. Ich unterschied sogar die Einzelheiten ihres staubigen Kleides.

Noch immer schrieb ich ihr regelmäßig, was hier geschah, ohne zu wissen, ob es sie anlockte oder abstieß.

Denn jetzt war schon viel Zeit verflossen, seit sie mir nicht geantwortet hatte. Ich wagte es gar nicht, die Zeit ihres Schweigens nachzurechnen.

Eines Tages erhielt ich einen Brief aus Rio mit einer mir unbekannten Schrift. Ich drehte ihn in der Hand mit klopfendem Herzen. Dann fiel mir ein – wahrscheinlich hatte ich diese Schrift doch schon gesehen –, daß der Brief von Marias Musikfreundin Eliza kam.

›Lieber Ernesto, Du schreibst nach wie vor an Maria Luísa. Sie hat Dir wahrscheinlich nicht mitgeteilt, was sich inzwischen ereignet hat. Maria Luísa bringt es nun einmal nicht fertig, lange Zeit allein zu leben. Ich will nicht behaupten, daß sie zu Rodolfo in heißer Liebe entbrannt ist, aber sie hat ihn liebgewonnen, weil er sich dauernd um sie sorgte. Auch hat ihn seine Mutter gedrängt, besonders nach dem Tod seines Vaters, von dem er ein schönes Haus in der Rua Dantas in der Nähe der Küste geerbt hat. Ich wiederhole, Maria Luísa, in ihrem ganzen Wesen, ist nicht dazu geschaffen, allein zu sein. So hat sie schließlich Rodolfos Werbung angenommen. Mir kommt es vor, sie sei jetzt fröhlich und wie erleichtert.‹ –

Da hatte ich also den Bescheid in meinen Händen. Die leiseste Ungewißheit wäre ertragbar gewesen, mit einer Gewißheit verglichen, die ich nicht aushielt. Besser, warten, fruchtlos warten, Wochen und Wochen. Jetzt wußte ich, warten war sinnlos.

Ich schloß mich ein und meldete mich überall krank. Als Gustav bei mir klopfte, gab ich ihm keine Antwort.

Plötzlich fuhr ich nach Greifswald, vielleicht, weil mein Vater das Mädchen gut gekannt hatte. Ich sagte sofort: ›Sie hat Rodolfo geheiratet.‹

›Ich hab gleich geahnt‹, sagte mein Vater, ›daß sie nie herkommen wird. Sie kann hier nicht leben. Du mußt es begreifen.‹

Das Verhältnis zu meinem Vater war völlig anders, als es oft hierzulande der Fall ist. Wir hatten allein zusammen gelebt. Über uns beiden hatte ständig wie ein Schatten der Tod meiner Mutter gelegen.

Seitdem ich nicht mehr auf Maria wartete, fehlte der wichtigste Teil meines Ichs. Mir fehlte, was den Sinn meines Lebens ausgemacht hatte. Denn meine Arbeit hätte auf Maria gewirkt und ihre Nähe auf meine Arbeit. Meine sinnlose Zeit wurde von mancherlei Arten von kurzem Warten unterbrochen, zum Beispiel auf das Ergebnis einer Prüfung, sogar durch das Warten auf dieses und jenes Mädchen, das mir ein wenig gefiel. –

Nach ungefähr einem Jahr fand ich plötzlich daheim einen Brief, den Maria Luísa geschrieben hatte. Es war ein langer und eng beschriebener Brief. Darin stand, sie höre manchmal, wenn ihr Zimmer voll Gäste sei, einen Pfiff unter dem Fenster, und dann springe sie auf und renne hinaus, aber die Straße sei dunkel und leer. Und manchmal höre sie keinen Pfiff, sondern einen Ruf. Sie sinne allein vor sich hin, und der Ruf ertöne auch nicht unter dem Fenster, sondern vom Ende der Straße, es töne im Ruf: ›Was läßt du mich denn so lange warten?‹ oder: ›Komm doch endlich!‹, und sie lasse dann alles stehen und liegen und renne in die Stadt hinein. Ernesto müsse wissen, die letzte Zeit sei sie viel gereist, in mancher kleinen Stadt hätte sie übernachtet.

Es hieß auch in diesem engbeschriebenen, langen Brief: › Wir waren in Belo Horizonte. Du kennst es so gut wie ich. Wir fuhren in die Berge. Wir fuhren nach Congonhas, um uns die Standbilder von Aleijadinho anzusehen. Der Mönch, der so gut deutsch spricht – erinnerst Du Dich noch, Du glaubtest damals, er sei gewiß aus Bayern –, führte uns in der Kirche umher. Dann führte er uns bergab. Er zeigte uns die einzelnen Wallfahrtsstationen auf der Treppe. Er betrachtete mich, und er sagte auf einmal: »Du hast nicht mehr deinen alten Lebensgefährten?«

Ich erwiderte: »Nein.« Und ich sagte, ich sei jetzt verheiratet.

Ich blieb zurück und setzte mich auf eine Stufe unter den großen Mantel eines Propheten. Ich weinte. Der Mönch wartete einen Augenblick. Er sagte, als ich dann nachkam und meine Augen trocknete: »Fürchte dich nicht. Du bist nie allein.«

Rodolfo, mit dem ich mich verheiratet habe, Eliza hat es Dir ja mitgeteilt‹ – an dieser Stelle des Briefes erwähnte sie ihre Heirat zum erstenmal –, ›fragte mich nachher: »Was hat er zu dir gesagt?« – Er will nämlich immer wissen, was jemand zu mir gesagt hat. Mir fiel ein, daß er kein Deutsch versteht, der Mönch aber deutsch mit mir sprach. Darum erwiderte ich: »Ach, nichts Besonderes.«

Wir sind inzwischen für ein paar Wochen in Bahia. Aus irgendeinem geschäftlichen Grund, von dem ich nichts verstehe. Hier ist mein Schlaf dumpf. Auch wenn ich wach bin, kommt mir nur in den Sinn, was ich sah und hörte. Doch wenn wir wieder in Rio sind, dann kommst Du aus jeder Tür, dann höre ich Dich andauernd und zornig rufen.

Ich verstehe auch hier nicht, daß wir getrennt sind. Nur, ich ertrage es stumpf und dumpf. Doch in Rio kann ich Dich dauernd hören und sehen. Warum ich nicht Hand in Hand mit Dir gehen kann, das verstehe ich freilich auch dort nicht.‹ –

Der Brief hat mich aufgewühlt bis ins Innerste. Ich schrieb Maria Luísa, wohin ich das Reisegeld schicken solle. Dieser Brief war kaum abgeschickt, als mir einfiel, sie sei jetzt eine vermögende Frau. Ich schrieb gleich zum zweitenmal. Sie könne gleich losfahren; nur zögern solle sie nicht mehr zu unserer beider Unheil. Aber das Unheil kam. Denn Maria Luísa kam nicht, und sie schrieb mir auch keinen Brief. Ob sie streng bewacht wurde? Ob sie in Bahia nur einem Gefühl gefolgt war und mir geschrieben hatte in einer Leidenschaft, die plötzlich über sie gekommen und ebenso plötzlich vergangen war? –

Ich wurde mit einer Gruppe Studenten nach Zittau geschickt zum Dreiländertreffen. Ich war überzeugt, bei meiner Heimkehr fände ich einen Brief. Aber den ganzen Winter, der auf diesen November folgte, schrieb sie mir nicht mehr. Sie schrieb mir auch nachher nicht mehr. Sie war verstummt. Vielleicht hatte etwas gestanden in einem meiner Briefe, was ihr stark mißfiel. Vielleicht war sie mit ihrem Mann weit fortgefahren, bis zum Amazonas, nach Manaus, was weiß ich. Wenn Maria Luísa betrübt war, dann konnte ihr Mann sich etwas einfallen lassen, was sie auf andere Gedanken brachte. Mir wurde langsam klar, sie würde mir nicht so bald schreiben.

Der Schnee lag auf den Dächern und auch auf den Ästen, auf dem Pflaster war er schon schwärzlich zertreten. Ich dachte bei mir: In Brasilien fällt kein Schnee. Die Bäume schütteln ihr Laub nicht ab. Nur ein einzelner Baum gleicht den Bäumen im Norden. Ich glaube, der wilde Mandelbaum. Wahrscheinlich ändert sich auch ein Mensch in einem Land, in dem alles anders ist als hier. Sogar Maria Luísa hat sich geändert. Nein. Nein. Sie nicht. Was ich auch dachte, längst war der Schnee getaut, die Bäume in meinem Stadtteil wurden grün. Es waren spärliche Bäume.«

Der Kapitän hatte uns alle für den nächsten Tag zum Abendessen eingeladen. – Das sei Brauch, sagte Sadowski, wenn man den Äquator überquere.

Ob es dabei wirklich keine Äquatortaufe gäbe? Die blasse, immer schweigsame Begleiterin der Nonne an der Schmalseite des Tisches wurde plötzlich vor Angst ganz erregt. Wie sie ihre erste Überfahrt gemacht hätte, sei Gott Poseidon an Bord gekommen mit einem langen Bart, an dem Muscheln klebten, und Leute von der Besatzung hätten manche Passagiere gepackt und in scheußliches Zeug getunkt oder mit langen Pinseln angemalt. Dafür seien sie keineswegs bestraft worden, alles hätte gelacht und gebrüllt, sie selbst hätte sehr gelitten. Und der Taufschein, den sie später erhalten hätte für brave Äquatorüberquerung, hätte sie nicht getröstet.

Sadowski, mit seinen listigen Augen, horchte. Man merkte ihm an, wieviel Spaß ihm dieser Bericht machte.

»Nun, Fräulein«, sagte er, »auf jeden Fall ist die Schwester Barbara durch ihr Ordenskleid vor solchen Sitten geschützt. Davon abgesehen, niemand braucht diesmal Angst zu haben. Den Schnaps, den man uns hoffentlich serviert, brauchen Sie auch nicht zu trinken. Sie können in Ruhe, wie sonst, zu Abend essen. Sogar allein oder mit Schwester Barbara, falls Sie doch unserer Gesellschaft mißtrauen. Und nachher bekommen Sie auch, ohne mit Teer beschmiert zu werden oder in eine Brühe getaucht, Ihr ehrliches Zeugnis.«

»Das brauche ich gar nicht«, sagte das blasse, schmale, durch das bevorstehende Ereignis zum Reden erweckte Fräulein. »Ich hab's ja bereits. Ich hab's zu meinen Reisepapieren gelegt. Ja, damit mir nicht noch mal so was passiert.«

»Zu Ihren Reisepapieren?« erkundigte sich Sadowski mit lachenden Augen.

»Gewiß doch, auf alle Fälle. Um zu beweisen, daß ich keine zweite Taufe mehr brauche.«

Sadowski drehte sich seiner Nachbarin zu, um seine Belustigung zu verbergen. Dann sagte er mir, was er wußte: »Das Fräulein ist nämlich vor dreißig Jahren in eines der großen Klöster nach Bahia gefahren. Nicht als Nonne, sondern als Wirtschafterin. Und wahrscheinlich wird sie aus Polen wieder zurückgeschickt werden, und auf der Reise wird sie dann eine andere Nonne hüten, auf die man besonderen Wert legt.«

»Legt man denn in diesem Kloster besonderen Wert auf die Schwester Barbara?«

»Scheint's. Ich hab sie öfters herumschleichen sehen unten zwischen den Mannschaftskabinen. Nicht, weil sie auf Männer aus ist. Sie hat möglichst viel Seeleute angesprochen, wenn ein kirchliches Fest kam, und hat sie abgehalten, an irgendeiner anderen Veranstaltung teilzunehmen. Ich gehe ihr manchmal nach und hör zu.«

Der alte Poseidon mit seinem Dreizack und Muscheln im Bart kam nicht aufs Schiff. Man hat uns geschont. Wir hatten ja nicht nur die Nonne an Bord, sondern solche Leute wie den berühmten Sänger und seine Frau und die Konsulin. Die Kinder hätten nur ihren Spaß an den Späßen gehabt, die sie vermutlich von ihren früheren Reisen kannten. Man hatte aber zur Feier des Abends die Trennung unterbrochen, die zwei Passagiertische und der Kapitänstisch waren zusammengerückt.

Der Kapitän sah ruhig aus, vergnügt, aber beherrscht. Wenn ich zurückdenke, wird mir sein Äußeres erst richtig bewußt. Es war ja das Äußere eines Mannes, der im Krieg acht- oder neunmal Munition nach Murmansk gefahren hatte.

Er erzählte auf unsere dringlichen Fragen von solchen Fahrten, die jedesmal scharf am Tod vorbeigingen. – Er sprach mit jedem von uns mindestens ein paar Worte. Zu meiner Verwunderung wußte er ganz genau, viel besser als Sadowski, was es mit jedem Passagier auf sich hatte. Er wußte sogar, daß die alte Frau, das Kindermädchen der Polen, die in Rio lebten und sie beim Abschied mit vielfarbenem wollenem Zeug beschenkt hatten, die Mutter eines Maurermeisters war. Jetzt trug die alte Frau nichts Wollnes. Sie hatte ein schwarzes Kleid an und darüber ein schönes Tuch mit Fransen. Sie sagte ängstlich: »Ich weiß nicht, ob mein Sohn mich abholen kann.«

Der Kapitän tröstete sie: »Wir setzen Sie schon in den richtigen Zug.«

Zu Bartschs und Triebels Tisch gehörte auch eine sehr schöne Frau mit schwarzem Haar und grauen Augen. Ich hatte sie bisher wenig gesehen, weil sie mir immer den Rücken kehrte. Jedes zweite Jahr besuchte sie in Brasilien ihre Schwester. Sie war schon einmal mit der »Norwid«, sogar mit demselben Kapitän gefahren. Der Kapitän kannte die Familie der Schwester und auch den Ehemann in Gdansk, einen Stadtbaumeister.

Schräg gegenüber, auf der Seite des Kapitäns, saß mein

Kabinennachbar Woytek. Er war heute abend ziemlich sorgfältig gekleidet und rasiert. Er beteiligte sich nicht an unseren Gesprächen. Er trank gierig von dem polnischen Schnaps, Wiśniówka. Ich merkte wohl, wie ihn der Kapitän manchmal fest ansah. Ihre Blicke trafen sich. Doch Woytek trank dann erst recht.

Triebel und ich, wir hatten vorher überlegt, was wohl der Koch uns zum Nachtisch spendieren würde: etwas Brasilianisches oder Polnisches. Er hatte uns jedenfalls erstaunlich viele und vorzügliche Gerichte vorgesetzt, alle möglichen warmen und kalten Fleisch- und Fischsorten, und er kam selbst, um uns aufzulegen und uns nachzugießen und sich zu erquicken an unserem Lob. Er lachte und lächelte nicht. Sein Gesicht war recht hochmütig. Weder Triebel noch ich behielt recht, was den Nachtisch anging. Es gab aus jedem Land etwas Verlockendes: ausgehöhlte Ananas, aus denen das Füllsel hervorquoll, und goldgelbe, gebackene Bananen, und es gab blanke rote Äpfel, nach denen jeder, besonders die Kinder, mit einem Freudenruf griff, und Birnen, in Schokolade getaucht, nach polnischer Art. Hinterher gab es guten Kaffee und Flaschen Wiśniówka, die der Koch vor unseren Augen öffnete.

Ich sah, daß Woyteks Hand bereits zitterte, als er abermals nach der Flasche langte. Der Erste Offizier kam ihm zuvor, um schnell seiner Nachbarin einzugießen.

Ich glaube, es war beim Nachtisch, als plötzlich die Schiffspfeife grell pfiff. Die Kinder stießen sich an und sprangen auf, um hinauszusehen. Der Kapitän sagte lachend: »Am Äquator ist nichts zu sehen.«

Sei es aus Erregung, sei es, weil er sich jetzt unbeobachtet fühlte, Woytek hatte sehr rasch getrunken. Und gleich darauf – wir waren alle verstummt und freuten uns an dem Kaffeegeruch, auch war die Kabine hell erleuchtet, weil die Sonne ins Meer fiel – schrie Woytek: »Ich will nicht! Ich will nicht!«

Der Kapitän drehte sich scharf nach ihm um. Er gab ihm

irgendeinen Befehl. Wirklich, Woytek verstummte. Er würgte an seinen Schreien. Dann riß er sich den Kragen auf und die Krawatte herunter, dann die Jacke und dann das Hemd. Der Erste Offizier sprang auf. Er packte den Menschen. Noch bevor er ihn überwältigt hatte, kamen zwei Matrosen herein. Der Erste Offizier befahl: »Klebs!« Und dieser Klebs, obwohl er klein von Wuchs war und beinah schmächtig wirkte, packte Woytek mit unwiderstehlichen Griffen. Die beiden schleppten ihn ab. Aus ihren Gesichtern las man, daß sie an alles gewöhnt waren. Ich murmelte: »Hoffentlich nicht in unsere Kabine.«

Jemand erwiderte: »Für so was gibt's einen Krankenraum.«

Die Passagiere sahen alle verstört aus. Ich hatte schon Angst um das schöne Fest, da erhob sich der Sänger und fragte bescheiden in das erschrockene Schweigen, ob er ein Lied singen dürfe. Wir freuten uns alle über den Vorschlag. Den Anblick dieses verrückten Woytek schüttelten wir endgültig ab. Wir horchten, was der Sänger fast leise erklärte: »Mein Freund hat meine Lieblingsgedichte von Norwid vertont. Norwid, nach dem unser Schiff genannt ist. Ich singe Ihnen davon eins vor.«

Ich hätte nie geahnt, daß der kleine bedächtige Herr, der mir seit fast einer Woche gegenübersaß, so etwas zustande brächte. Nun verstand ich, obwohl mir sonst nicht besonders viel an so was liegt, warum seine Landsleute in dem Saal in Rio beim Zuhören geweint hatten. Und ich verstand auch, warum sein Land ihn wie einen Botschafter ausschickte. Seine kleine Frau sah stolz an ihm hinauf.

Nach dem Lied, das der Abschluß des Festessens war, rückten wir da und dort zusammen. Der Sänger, mit seinem kleinen Buch, kam auf einmal zu Triebel und mir. »Ihr müßt eine Ahnung bekommen von diesem Dichter«, sagte er. Der Sänger sprach gut deutsch. Seine Stimme klang auch beim Vorlesen gut. Er übersetzte uns ein paar Strophen:

»Nach diesem Land, in dem man jeden Brotkrumen,
der zu Boden fiel, ehrfürchtig aufhebt,
sehne ich mich, o Herr!
Nach dem Land, in dem es als Sünde gilt,
ein Storchennest auf dem Birnbaum zu zerstören,
weil es allen gehört,
nach diesem Land sehne ich mich.
Ich sehne mich auch nach anderen Dingen.
Nach Menschen, die Ja für Ja halten und Nein für Nein.
Und Licht von Schatten scheiden.
Wo niemandem an mir liegt.
Und so muß es sein, denn ich ließ keinen Freund.
Dorthin sehne ich mich, o Herr!«

Die Frau des Sängers war still und freundlich. Sie hätte das Büchlein immer im Koffer, sagte sie. Wie hätten sie sich gefreut, daß das Schiff seinen Namen trägt!

Die Passagiere schonten Triebel und mich. Sie überließen uns, selbst wenn Triebel plötzlich in seiner Erregung minutenlang auf und ab ging, den windstillen, schattigen Platz unter der Treppe.
Triebels Erzählen und mein Zuhören war ihnen offenbar ein unerläßlicher Bestandteil der Überfahrt geworden. Und wenn ich mich am Anfang gewundert hatte, daß Triebel mir, einem Fremden, sein Herz ausschüttete, war ich jetzt gespannt, wie seine Erlebnisse weiterliefen. Ich fand, er tat recht daran, alles gerade mir zu berichten.
Er sagte: »Sie müssen begreifen, daß Marias letzter Brief und mein Warten, als dann ihre Post ganz ausblieb, meinen Studien keineswegs Abbruch taten, sie eher förderten. Es war, als hätte ich mir ein verzweifeltes ›Jetzt erst recht‹ zum Grundsatz gemacht.
Ich hatte mir aus der Inneren Medizin schon ein Thema für meine künftige Doktorarbeit gewählt. In wenigen Wochen würde ich Assistent des Internisten Professor Frischauf werden. Vor allem war ich dahinterge-

kommen, daß ich studierend und lernend die Zeit beherrschte. Ich rechnete vielleicht unbewußt damit, eines Tages allein zu bleiben mit dieser grimmigen, unverkürzbaren Zeit, und zugleich rechnete ich mit dem Wunder, Maria Luísa könnte plötzlich mein Zimmer betreten. Sie sei heimlich hergefahren, sie sei zu mir gekommen, und ich, ich hätte es unterdessen weit gebracht.

Gewiß, ich hörte dabei nicht auf mit Versuchen, ihrer Spur habhaft zu werden. Ich besann mich auf diesen und jenen Bekannten aus meiner Schulzeit, und jedem schrieb ich, er möchte doch von sich hören lassen, wie jetzt sein Leben verlaufe, und ich schob beiläufig die Frage ein, ob er Maria gesehen hätte. Die Briefempfänger antworteten ziemlich schnell. Sie hatten wahrscheinlich verstanden, daß diese Frage mir wichtig war, doch keiner hatte die letzte Zeit Maria gesehen. Der eine meinte, sie sei in eine andere Stadt gezogen, nach Pernambuco, hätte sein Schwager erzählt, der andere meinte sogar, in die Vereinigten Staaten. Gleichzeitig teilten sie mir verschiedenes mit, zum Beispiel, daß Vargas zum zweitenmal Präsident geworden sei, es hätte den Anschein, er wolle jetzt mit ganz anderen, geradezu liberalen Methoden regieren. Er hätte unverhofft manchen aus dem Kerker entlassen. Man schrieb mir auch über Dinge, die mir ganz gleichgültig waren, zum Beispiel, Eliza sei auf eine Konzertreise in mehrere Länder gefahren. An die Erwähnung von Marias Abwesenheit fügte noch ein Bekannter hinzu, die Tante Elfriede, an die ich mich wohl erinnere, arbeite nicht mehr im Blusengeschäft. Wahrscheinlich käme Rodolfo jetzt auf für ihre alten Tage. Jedenfalls hatte der eine seit zwei Jahren nichts mehr von Maria Luísa gehört, der andere glaubte sie vor wenigen Wochen gesehen zu haben, wie sie aus einem schönen Auto, einem Chevrolet, stieg, sehr gut gekleidet, ihn freundlich grüßend, mit einem vertrauten Lächeln. Seines Wissens lebe sie meistens in dem Haus, das Rodolfo von seinem Vater geerbt hatte.

Es kam natürlich auch vor, daß mir irgendein Mädchen ganz gut gefiel, eine Mitstudentin; vielleicht sah es für Fremde aus, als sei ich herzlich verliebt, und auch das Mädchen war froh. Ich will Ihnen offen sagen, daß ich mit einem solchen sehr jungen Mädchen noch heute bekannt bin. Bekannt. Das ist alles. Denn bei diesem Mädchen, genauso wie bei den anderen, kam immer der Augenblick, in dem ich gefragt wurde: ›Warum sagst du nicht alles? Man fühlt, du hältst etwas hinter dem Berg. Irgend etwas, verstehst du?‹ Ich erwiderte, wenn man allzusehr drängte: ›Ja, ich hänge seit Jahren an einer Frau. Daß sie kommt, ist beinah unmöglich, doch ich kann mir das Warten nicht abgewöhnen. Bitte, frag nichts mehr.‹ Dann löste sich unsere Bekanntschaft meistens von selbst.

Längst war der Stockholmer Appell durch die Welt gelaufen. Korea war überfallen worden. In Warschau hatten sie den zweiten Kongreß für den Frieden abgehalten. Und im Jahr 51, im August, gab es in Berlin ein großes Fest für die Jugend und für die Studenten. Gustav, der mein Freund geblieben war – er studierte Ökonomie und würde in diesem Jahr abschließen –, war froh über meine Mitarbeit bei allen Gelegenheiten. Er war nicht der Mensch, mir Fragen zu stellen, was denn aus der großen Liebe geworden sei, die mich noch lange nach meiner Ankunft erfüllt hatte. Ich wäre der Antwort ausgewichen, oder ich hätte sagen müssen: Ich warte noch immer. Hätte er dann bestürzt gefragt: Noch immer? –

Nur mein Vater ahnte vielleicht etwas von meiner unausrottbaren Hoffnung. Denn er fragte mich nie, wenn ich ihn besuchte. Und gerade an seinem Schweigen fühlte ich, daß er sich auskannte. Er sagte nur einmal lächelnd, als ich um Rat zu ihm gekommen war über ein ziemlich seltenes Nierenleiden: ›Hatte nicht Theodosio, der Schuster, einmal einen solchen Anfall und ihr beide habt mich zu ihm um Hilfe gerufen?‹ – Wir schwiegen minutenlang. Ich glaube, er betrachtete mein Gesicht, denn er hat plötzlich gesagt: ›Ich meine, Maria Luísa hat längst ein Kind. Da geht sie ganz in dem Kind auf.‹

Dazu sagte ich nichts, und ich dachte auch nichts. –

Eines Tages erschien bei mir – ich hatte schon längst mein eigenes Zimmer – ein Mediziner namens Heinz Schulz, der lange mit mir zusammen in unserem Studentenheim gewohnt hatte. Er war etwas älter als ich. Er war Assistent eines Chirurgen. Er sagte: ›Ich suche dich auf aus folgendem Grund: Ein Freund meines Professors ist der Professor Dahlke aus Leipzig. Du weißt, ein weltberühmter Anatom. Er ist wahrscheinlich der erste Deutsche, den man nach dem Krieg ins Ausland einlädt. Und zwar auf die große Ausstellung nach São Paulo. Jetzt wirst du schon ahnen, mein Lieber, wohin der Hase läuft. Ich nehme an, du wünschst dir noch immer, Brasilien wiederzusehen und die guten Bekannten, die du dort hast. Dieser Professor Dahlke braucht einen Dolmetscher, der womöglich auch Arzt ist. Denn nach São Paulo, das erschwert vielleicht eure Reise, aber dir kann's gleich sein, nehmt ihr das Modell einer Frau mit, die mit allen inneren Organen aus Glas konstruiert ist und die man elektrisch durchleuchten kann. Eine komplizierte gemeinsame, vorzüglich gelungene Arbeit von Technikern und Ärzten. Dahlke, ich habe ihm zugehört bei meinem Professor, war am Anfang geradezu empört über die gläserne Dame, die man ihm zumutet. Er hat sich aber gefaßt. Er hat vielleicht verstanden, daß so ein Ausstellungsobjekt wissenschaftlich und dadurch auch politisch wirksam sein wird. Als er auf einem geeigneten Begleiter bestand, hab ich sofort an dich gedacht. Den Vorschlag hab ich meinem Professor beigebracht. Also, wenn du ja sagst, geht alles in Ordnung.‹

Ich sagte ja. Ich bedankte mich. Ich verbarg die Gefühle, die mich sofort zerwühlten. Quälende Freude und ebenso quälende Angst. Würde ich Maria wirklich bald wiedersehen? Wo? Wie? Würden wir Worte finden?

Man stellte mich Dahlke vor. Er machte auf mich den

Eindruck eines sehr hochmütigen, von sich eingenommenen Menschen, der, wie ein Monarch, der sich vor dem Volk loyal gibt, seinen Hochmut verbarg und versuchte, witzig und freundlich zu mir herunterzusteigen.

Wir sahen uns zusammen die gläserne Frau an. Da Dahlke sie auf der Ausstellung erklären und ich die Erklärungen übersetzen mußte, schalteten wir das elektrische Licht ein, und wir stellten fest, welche Beschreibungen bei den Besuchern am besten ankommen würden. Bei diesen Proben wurde viel und herzlich gelacht. Dahlke verlor seinen Hochmut. Er schimpfte nur, man behandle ihn hier wie einen Akrobaten. Ich tröstete ihn, das Glasmodell sei ein technisches Wunder, und ich erzählte ihm von den vorzüglichen Ärzten, die es dort drüben gäbe, manche seien Freunde meines Vaters gewesen. – Wir könnten für die Wissenschaft wirken: Außer der Intelligenz kämen sicher alle möglichen Leute auf die Ausstellung. Unwissende, von Vorurteilen Besessene.

Dahlke nickte mit dem Lächeln Erwachsener, die sich die Hoffnungen junger Menschen anhören.

Die gläserne Frau wurde unter unserer Aufsicht in eine Kiste verpackt. Wir versprachen hoch und heilig, sie äußerst gewissenhaft zu hüten. Dieses Versprechen, dachte ich, wird hauptsächlich mir zur Last fallen, denn Dahlke machte nicht den Eindruck, als ob er sich dauernd überzeugen wollte, daß unser Passagiergut sorgfältig eingelagert mitreist. Ja Dahlke hatte zuerst vor, mit dem Flugzeug zu fliegen. Er änderte aber plötzlich seine Absicht. Er nahm selbst eine Menge Zeug mit, Apparate und wissenschaftliche Bücher, die er Freunden versprochen hätte. All das Gepäck, meinte er, sei viel zu teuer für ein Flugzeug. Er könne schließlich unserem Staat nicht zumuten, für all seine privaten Wünsche aufzukommen.

Ich gab auf die Kiste mit dem Glasmodell acht, wie ich es versprochen hatte. Auf den Professor Dahlke, sein Gerede und sein Gepäck gab ich weniger acht.

Kisten und Koffer fuhren mit uns. Zuerst nach Warschau. Denn wir mußten dann von Warschau aus nach Gdynia, weil dort unser Schiff lag. In Warschau mußte ich unsere Weiterfahrt regeln und den Transport unserer gläsernen Frau. Dadurch sah ich fast nichts von der Stadt. Nur das Denkmal, das man dem Warschauer Aufstand gesetzt hat, und das Denkmal des Ghettoaufstandes – denn alle Grauen des Ghettos sind ja in der Flamme des Aufstands aufgeglüht und verbrannt –, die anzusehen, ließ ich mir nicht nehmen. Ich muß hier hinzufügen, daß die Stadt, schwarz wie ein Bergwerk, als sie die Wehrmacht verbrannte und räumte, bei unserem Besuch zum größten Teil aufgebaut war. Die Fläche des Ghettos, auf der das Mahnmal steht, zeigte zwar keine Reste mehr, auch keine historisch gewordenen Spuren, es war aber auch noch nicht mit Häusern und Gärten bedeckt, wie es jetzt der Fall ist. Es war eine beklemmende und darum dem Menschen keine Vergeßlichkeit verzeihende Öde.

Ich muß sagen, bei meinen Nachtfahrten zu der Gedächtnisstätte des Warschauer Aufstands und des Ghettos vergaß ich mich selbst ganz. Das waren nicht bloß Kriegsgreuel, Zeugnisse der Naziherrschaft und des Krieges, an die ich denken mußte, das waren sie im höchsten Maß, und zugleich waren sie im höchsten Maß der Beweis, daß all die Gemeinheit über kurz oder lang ihren Widerstand und ihr Ende findet.

Nein, während dieser paar Stunden hab ich nicht mehr an mich gedacht. Nicht mehr an mich denken, das hieß auch vergessen, was mit mir zusammenhing: unser Reiseziel und sogar meine Liebe zu Maria Luísa.

Doch wenn ich sage, ich vergaß meine Liebe, dürfen Sie nicht darunter verstehen, Maria Luísa sei aus meinem Denken und Fühlen auszulöschen gewesen, ach nein, nur mein schmerzliches Grübeln hörte auf, als sei es dieser Stätten ganz unwürdig. Es kam mir vor, sie gehe an meiner Hand. Wir waren beide still und ergriffen, wie man es vornehmlich in der Jugend sein kann.

Dahlke und ich, wir waren so kurze Zeit in der Stadt,

daß ich mir nichts mehr ansehen konnte. Nur Dahlke war herumgefahren. Später erzählte er mir allerlei von dem bewunderungswürdigen Wiederaufbau. Ich glaube, er klagte auch, wieviel Leid die Deutschen den anderen Völkern zugefügt hatten. Ich will ihm nicht unrecht tun, dem Dahlke. Er war Offizier im Krieg. Kann sein, er hat selbst manchem Leid zugefügt.

Wir fuhren mit unserer Kiste nach Gdynia. Ich sah mir das Schiff von außen an, seemannsmäßig. Mit einem französischen war ich nach Europa gekommen. Dieses war, wie es jetzt unsere ›Norwid‹ ist, ein Cargo mit einigen Kajüten für Passagiere. Es war fast neu und schimmerte weiß. Mir gefiel es gut. Der Kapitän und die Offiziere waren andere als unsere jetzigen, nur, das ist sonderbar, der Koch war derselbe.

Seit wir an Bord waren, sogar noch im Hafen, war Dahlke gesprächig geworden. Er schien mir freudig erregt, als wir abfuhren.

Sie müssen begreifen, ich selbst steckte in einer bangen Erregung, so daß mir Dahlkes Fragen gleichgültig waren, sein Tun und Lassen geschah hinter einem Vorhang. Keine Spur war mehr geblieben von dem Gefühl, Maria Luísa begleite mich. Die lesen sicher die Passagierlisten, dachte ich. Rodolfo ist Kaufmann. Die wissen jetzt, daß Dahlke und Triebel bald kommen. Wird sie mich empfangen? Wird sie mich meiden? Wird sie mit mir zurückgehen?

Dahlke war sehr zufrieden mit seiner Kabine. Er schloß schnell Bekanntschaften, er sprach vorzüglich englisch. Er vernachlässigte mich aber keineswegs, obwohl es mir lieber gewesen wäre, mich nur mit meinen Erwartungen abzugeben. Doch Dahlke wollte nicht nur genau über Rio und São Paulo Bescheid wissen, er fragte mich aus über Montevideo und andere lateinamerikanische Hauptstädte. Ich glaube heute, daß keiner von uns auf die erstaunliche Reise gebührend achtete – durch das Kattegat und das Skagerrak und nachher südwärts bis

Antwerpen – noch einer auf den anderen. Denn jeder war von seiner eigenen besonderen Erregung benommen.

Ich machte mir später Vorwürfe, daß ich mich nicht mehr um meinen Begleiter gekümmert hatte, aber man tröstete mich, als ich wieder daheim war – und daheim ist mir jetzt ohne Zweifel das Land, in dem ich lebe und arbeite –, daß ich weder den Mann noch sein Vorhaben hätte ändern können. Von der ganzen Reise ist mir nur in Erinnerung geblieben, daß uns jemand unweit der dänischen Küste ein Schloß auf einer Halbinsel zeigte und behauptete, hier sei Hamlet der Geist seines Vaters erschienen.

Dahlke, der mich öfters besuchte, kam auch jetzt wieder in meine Kajüte und fragte mich mit eigentümlichem Lächeln, ob ich auf Geister erpicht sei. Ich erwiderte: ›Nicht auf Geister, auf Geschöpfe aus Fleisch und Blut.‹

›O ja, Ihr Freund hat mir erzählt, Sie hätten Menschen in Brasilien, die Ihnen sehr nahestehen.‹

Ich erwiderte nur: ›Gewiß.‹ Und ich dachte: Was geht das dich an.

Er machte aber während der ganzen langen Reise oft ähnliche Anspielungen. Er sagte auch: ›Es muß Ihnen schwergefallen sein, sich in Berlin einzuleben.‹ Oder: ›Haben Sie sich an Deutschland gewöhnen können?‹

Ich entgegnete ihm ein dutzendmal, maßgebend seien mir meine Arbeit und anständige Freunde. Bei solchen Gesprächen sah er mich immer forschend, fast gespannt an. Als hätte er wunder was gefragt, obwohl es ihm sicher eins war, was ich fühlte.

In Antwerpen nahm das Schiff, ich weiß nicht wie viele, Kisten auf mit Schrauben und Nägeln und allerlei Werkzeug für Feinmechaniker. Ich verbrachte die meiste Zeit in einem Lagerraum, damit unserer eigenen Kiste nichts geschehe. Überdies hatte ich kein Papier, um das Schiff zu verlassen und auf belgischem Gebiet herumzuspazieren.

Ich war erstaunt, als ich bei meiner Rückkehr an Deck erfuhr, daß Dahlke einen Besucher empfangen und die Erlaubnis erhalten hatte, ihn in ein Café zu begleiten.

Von Antwerpen steuerten wir ins offene Meer.

Von dieser Überfahrt gibt es nicht viel zu erzählen. Sie war im großen und ganzen dieselbe, die wir in umgekehrter Richtung jetzt machen. Nur, daß mein Herz erfüllt war von Ungewißheit und Bangigkeit. Ich kann Ihnen, Franz Hammer, heute alles erzählen. Ich weiß, wie es gekommen ist, beinah weiß ich's, und sehen Sie, da ich nun offen mit Ihnen spreche, Gott weiß, warum ich gerade mit Ihnen offen spreche, wird mir im Erzählen alles vollkommen klar. Sie wissen schon halb und halb, warum. –

Am Vorabend unserer Abfahrt – ich meine jetzt, dieser letzten, auf der wir uns trafen, Sie und ich – bin ich noch einmal, zum letztenmal durch eine Begegnung erregt worden. Ich würde lügen, wenn ich behaupte, jetzt sei mir alles endgültig klar. Bitte, sagen Sie mir, was Sie selbst von dieser Begebenheit halten: Sie ist wohl der Abschluß von allem, was ich Ihnen auf der Fahrt berichtet habe. Wenn ich Sie nicht aufhalte. Sie möchten sicher noch viel mit anderen Leuten reden?«

Ich sagte wahrheitsgemäß: »Mir bleibt noch Zeit genug, Triebel, jeden Tag mit den anderen zu reden. Und dann, jetzt will ich wirklich wissen, was noch geschah mit Ihrer Maria Luísa.« –

»Als die Fahrt ihrem Ende entgegenging, war Dahlke nicht mehr darauf aus, viel mit mir zu reden. Er schloß allerlei Bekanntschaften mit Passagieren, die gut Englisch sprachen. Was uns in diesen Tagen bewegt, Sie, Hammer, und mich und die anderen, zum Beispiel Bartsch, die Sterne am Himmel, die Fliegenden Fische auf dem Meer, das alles nahm Dahlke gar nicht zur Kenntnis. Er trat aber manchmal zu mir mit Fragen nach Merkwürdigkeiten des Landes, und ich gewahrte erstaunt, daß seine Stimmung und damit auch sein Benehmen sich völlig geändert hatten.

Je näher die Landung rückte, desto schwerer lag es auf mir, in einer Art Willkommensschmerz oder auch in seltsamen, unerklärbaren Zweifeln. Und Dahlke, je näher wir dem Land kamen, war desto fröhlicher, desto lebhafter.

Wir fuhren abends vorbei an der massigen, dunstverhüllten Insel, die Sie jetzt auch kennen. Als ich Dahlke sagte, das sei eine Art Vorburg Brasiliens, rieb er sich vor Vergnügen die Hände. Diese Bewegung mißfiel mir stark. Sonst dachte ich gar nichts mehr. Ich war von Erwartungen zermürbt.« –

Plötzlich, ohne Rücksicht auf Triebels erregten Bericht, kamen die polnischen Kinder angestürzt. Freudig riefen sie etwas, was wir nicht richtig verstanden. Sie ließen es einfach nicht zu, daß Triebel weitererzählte. Sie packten uns an den Händen und zogen uns mit sich.

Am Bug des Schiffes standen schon mehrere Passagiere und sahen erstaunt lächelnd ins Wasser. Ein großer Schwarm Delphine hatte begonnen uns zu begleiten. Ihre Gesichter mit schrägen, lachenden Augen und Mäulern reckten sich alle heraus aus dem Wasser und sahen uns an mit einem Ausdruck, als wollten sie ihren Scherz mit uns treiben, zugleich um festzustellen, was für Gesellen gerade auf diesem Schiff fuhren. Sie waren so schnell wie wir, und sie wären mühelos schneller als wir gewesen. Denn es machte ihnen Vergnügen, während sie uns begleiteten, untereinander Wettlauf zu spielen oder sich lustig anzuspornen. Und immer wieder sahen sie zu uns herauf. Sie erinnerten mich an ein Rudel junger Hunde, denen die Gabe verliehen ist, auf dem Wasser zu springen.

Ich wurde so froh, wie es, wer weiß, aus welchem Grund, die Delphine waren. Jetzt war ich voll und ganz mit meiner Seereise einverstanden. Mir ging es durch den Kopf, so etwas hätte ich nie gesehen, wenn ich mit meiner Familie in die Berge gefahren wäre.

Sie leben im Wasser und springen im Wasser herum, sie haben aber Gesichter, die vielleicht echter sind als das Gesicht von manchem Menschen, zum Beispiel von diesem Dahlke, von dem mir Triebel erzählte. Und ich dachte sogar ganz flüchtig, was mich hergeführt hat auf dieses Schiff, das Versehen meiner Kollegen und dann die lange, langweilige Reise nach Rio Grande do Sul – das ist mir nun mal passiert. Ich vergaß jetzt vor Freude alles Übel. Ich wünschte mir, dieses Rudel Delphine weiche nicht mehr von unserem Schiff.

Doch nach ein paar Minuten, vielleicht hatte ein Delphin das Zeichen gegeben, verschwanden sie alle zusammen im Meer. Triebel atmete noch einmal froh. Auch sein Gesicht war verändert. Wir sahen eine Weile aufs Wasser, es schien uns leer und vereinsamt. Da blieb uns nichts anderes übrig, als an unseren gewohnten Platz unter der Treppe zurückzukehren.

Triebel fuhr dort fort: »Wir legten in Rio an. Dahlke, der ohnedies froh erregt war, machte mich voll Begeisterung aufmerksam auf alle Herrlichkeiten der Einfahrt, als sei ich zum erstenmal hier. Unser Schiff, das war klar, hatte nicht unserethalben nach Santos, der Hafenstadt von São Paulo, fahren können.

Als die Schiffsbrücke heruntergelassen wurde, sah ich mich angstvoll um an der Landestelle. Ich wußte aber, daß nur in Ausnahmefällen ein Passagier hier jemanden empfangen konnte. Immerhin, der Dolmetscher wartete, den die Verwaltung der Ausstellung uns geschickt hatte. Er war überrascht, daß ich ebensogut Portugiesisch sprach wie er. Er sagte, der Nachtzug bringe uns mit der Kiste nach São Paulo. Er war ein kleiner, dunkler, höflicher Mensch. Er ging gleich mit uns aufs Zollamt, die Alfândega. Wie in meiner Kindheit, als sei die Ankunft der Schiffe nie abgebrochen, und sie war auch nie abgebrochen, wimmelte es in dem riesigen Raum von Menschen aller Farben und Herkunft. Wir mußten fast eine

Stunde auf unsere Gepäckstücke warten. Denn das ist klar, mein durchtriebener Onkel fehlte, der alles beschleunigt hätte. So deutlich stand auf der langen, sargartigen Kiste in deutsch, portugiesisch, polnisch und allen möglichen Sprachen ›Vorsicht beim Öffnen!‹, daß die Zollbeamten zwar unbedingt sehen wollten, was darin steckte, aber behutsam und langsam den Deckel anhoben. Sie begrüßten mit Ah und Oh einen Schimmer der Frau. Sie wagten es nicht, ihre gläsernen Glieder anzutasten.

Inzwischen war ein gutgekleideter grauhaariger Herr von europäischem Aussehen an unsere Gruppe herangetreten. Ich hatte gar nicht auf die Begrüßung geachtet, die zudem nur Dahlke galt. Dahlke murmelte, der Herr sei ein Verwandter.

Mich nahm etwas anderes gefangen. Unter den zahllosen Menschen, die sich zwischen den Zollabteilungen, zwischen Koffern und Kisten zu schaffen machten, war ein ältliches Weib aufgetaucht, offenbar eine Einheimische, keine Zugereiste. Sie war grau gekleidet. Sie verweilte nicht an einem bestimmten Ort, um auf ein Gepäckstück zu warten. Sie flatterte vielmehr wie eine Fledermaus von einem Standort zum anderen, wo ihre Krallen Halt fanden. Sobald ich in dem ungeheuren Zollamt Umschau hielt, stieß mein Blick fast von selbst auf die Frau, wo sie auch ihr Wesen trieb, und irgend etwas kam mir an ihr bekannt vor.

Ich sah zugleich immer wieder nach, ob unsere Kiste ordentlich verschlossen wurde. Denn Doktor Dahlke war jetzt ausschließlich mit seinem Verwandten beschäftigt. Wenn ich dann aufsah, fiel mein Blick fast sofort auf diese graue Frau. Sie kreiste zwischen allen möglichen Ankömmlingen, zwischen Gruppen von Mönchen, zwischen seltsamen Scharen von Maurern oder Bauern. Ich stellte auch fest, daß sie gerade um uns immer engere Kreise zog. Es gab schließlich keinen Zweifel mehr, ihre Augen suchten mich.

Anstatt mich einfach anzusprechen, wie der Verwandte

des Doktor Dahlke beherzt zu ihm getreten war, machte sie mir ein Zeichen, aus einem gewissen Abstand, daß sie mit mir zu sprechen wünsche. Auf einmal fiel mir ein, von wo ich sie kannte. Sie war Emma, das deutsche Hausmädchen, das bei Tante Elfriede gearbeitet hatte, nachdem Odilia hinausgeworfen worden war.

Ich rief, als sie endlich in Hörweite war: ›Sie sind es, Emma! Emma, was haben Sie mir zu sagen?‹ –

Sie erwiderte zugleich bescheiden und entschieden: ›Ja, Herr Ernesto, ich bin es. Ich muß Sie unbedingt sprechen.‹ –

› Wir fahren aber‹, sagte ich, ›beinah sogleich auf die große Ausstellung nach São Paulo.‹

Sie erwiderte: ›Dann hole ich Sie dort morgen ab. Ich muß Sie sprechen, so schnell wie möglich.‹

Jetzt brach es aus mir heraus: ›Wo ist María Luísa?‹ –

Sie erwiderte düster, sich nach mir wendend, schon im Weggehen: ›Wo soll sie sein? Bei Gott im Himmel. Morgen erzähle ich Ihnen alles.‹

Dann war sie so schnell verschwunden, daß mir die Begegnung unglaubwürdig vorkam. –

Ihre Worte bohrten sich langsam in mich ein. Ich empfand keinen wilden Schmerz. – Mir kam es vor, ich hätte gewußt, was mir drohte. Als ich mich einließ auf diese Reise, hatte mir etwas Unheilvolles bevorgestanden. Ich hatte mir gedacht, bei der Landung erwartet mich etwas, was nicht mehr gutzumachen ist.

Nun war es eingetroffen, und die Leere war endgültig, wie ehemals bei der Botschaft Elizas, nie würde Maria zu mir kommen. Nein, damals gab es vielleicht doch noch die Ahnung einer künftigen Wendung, eines Wiederanknüpfens, das man nicht unversucht zu lassen braucht, solange der geliebte Mensch lebt.

Wahrscheinlich sprach ich gleichzeitig mit den Leuten um mich herum, mit den Zollbeamten, mit dem Übersetzer, mit Dahlke. Auch war eine Spannung in mir erwacht, Emma erzählen zu hören. Wenn ich erfuhr, was Emma wußte, würde ich Maria Luísa vor mir sehen. War sie wirklich tot, sie würde dann weniger tot sein.

Als wir das Zollamt verlassen hatten, fuhr uns der Vertreter der Ausstellung in die nächste Gastwirtschaft; es war eine Churrasqueria, eine Fleischrösterei. Ich war tief betroffen bei dem uralten, doch frischen Geruch von brutzelndem, angesengtem Fleisch. Ich stand auf und ging einen Augenblick ans Feuer, und dann, gewaltsam abschüttelnd meine qualvolle Beklemmung, ging ich eine Minute auf die Straße. Ich mußte es tun. Ich mußte den Geruch der Früchte am nächsten Obststand einatmen. Ich war fast betäubt, denn mit dem Geruch drang alles in mich ein, was ich vergessen hatte. – Wie ich mit dem Schulmädchen auf dem Straßenmarkt zum erstenmal eingekauft hatte. Wie es meinem Vater und mir eine Speise aus Avocados bereitet hatte. Und sogar alle Haltestellen auf der Fahrt nach Congonhas – die schwarzen, zerfetzten Kinder mit ihren geschnitzelten Orangen. Sie werden es schwerlich verstehen. Ich atmete alles ein, und ich verstand zum erstenmal: Das alles atmet sie nie mehr ein.

Dann ging ich zurück an unseren Tisch. Die anderen waren beinahe fertig mit ihrem Mahl. Der Übersetzer ließ einen großen Teller verschiedener Früchte vor uns stellen. Dahlke schälte ungeschickt eine Mango. Wie unsinnig war meine Eifersucht, nur auf eine Frucht des Landes, ich hätte sie ihm aus den Fingern schlagen mögen.

Nachts fuhren wir nach São Paulo. Die Ausstellung war eine wirre und bunte Welt in der Welt, die doch nicht zu übertreffen ist an Wirrheit und Buntheit. Unsere gläserne Frau, von elektrischem Licht durchleuchtet, zog, kaum von ihrer Verpackung befreit, unglaublich viele Menschen an. Ich verteilte meine Prospekte. Verschiedene Besucher studierten sie und prüften nachher das gläserne Gebilde, ob wirklich Nieren und Därme und Herz und Lunge an den richtigen Stellen vorhanden seien. Andere Besucher starrten nur auf die Frau, bis ins Innerste überwältigt.

Dahlke und ich, wir lachten öfters zusammen. Man sah ein paar jungen Burschen an, daß sie erschüttert waren, weil die Mädchen, die sie abküßten, im Innern so und nicht anders beschaffen waren. Leider gab ich nicht viel auf Dahlke acht.

Am Nachmittag tauchte Emmas trübes Gesicht in der Menge auf. Sie sah sich nur flüchtig an, was wir ausgestellt hatten. Ihr war es gleichgültig, ob die Frau aus Fleisch und Blut oder durchsichtig war.

Sie wartete, bis die Lichter erloschen und der Besuch sich zerstreute. Dann mußte sie noch einmal warten, bis unsere Frau verpackt und dem Nachtwächter anvertraut war. Ich lud Emma ein. Sie hatte aber bereits bei ihren Verwandten zu Abend gegessen. In der folgenden Nacht würde sie wieder zurückfahren. Sie hatte sich diesen Tag frei gemacht. Frau Altmeier – das war die Tante Elfriede, die Emma immer mit dem Nachnamen nannte – wohne in einem anderen Stadtteil, seit sie das Geschäft nicht mehr besorge. ›Ich bin‹, sagte Emma, ›in einem Hotel. Das gefällt mir besser als eine private Herrschaft. Was hatte ich zum Beispiel für Schwierigkeiten mit euch! Jetzt kann mich, wenn ich es will, meine Cousine vertreten.‹

Ich erinnerte mich, wie uns diese Emma mißfallen hatte. Trotzdem, sie war uns schnell unentbehrlich geworden. Durch Botengänge und Zwischenträgereien. –

Ich hatte schon ein paar Gläser getrunken, als Emma trübsinnig langsam begann: ›Mein Chef bekommt immer eine Liste, auf der die meisten Neuankömmlinge stehen. Da ruft er mich letzte Woche: »Sehn Sie mal, Emma, ob Sie die kennen, Dahlke und Triebel. Sie kommen zur Ausstellung nach São Paulo.« –

Ich brauche Ihnen, mein lieber Herr Ernesto, nicht erst zu erklären, was Ihre Abfahrt für Maria Luísa bedeutete. Alleinsein – das war für Maria Luísa die Hölle. Ich zum Beispiel, ich bin mein Lebtag allein. Ich bin nicht gewöhnt an Gesellschaft.

Als Sie damals abfuhren, lag Maria Luísa, ohne zu weinen und ohne Ihren Namen zu rufen, vollkommen erstarrt da. Nicht nur stundenlang – tagelang. Ihre Tante, die sich durchaus keinen Rat wußte und für das Leben des Mädchens zitterte, rief schließlich Eliza ins Haus. Sie erinnern sich noch, Herr Ernesto, Eliza, die ihre Freundin war?

»Bei euch gibt es kein Klavier«, sagte Eliza. »Du gehst jetzt sofort zu uns, damit ich dir vorspiele, was mir die letzte Zeit am besten gefällt. Mach keine Flausen. Bei uns gibt es sowieso ein Abendessen, und ich habe noch ein paar Freunde zum Zuhören eingeladen.«

Von da an ging Maria öfters zu ihrer Freundin Eliza.

Unter Elizas Gästen befand sich meistens Rodolfo, der hat von jeher, wie Sie wissen, Maria Luísa angebetet. Sie hat nichts von ihm wissen wollen, Ihrethalben. Er hat manchmal bis in die Nacht hinein vor unserer Tür gestanden. Was hat er ihr doch für Blumen geschickt und ganz unglaubliche Geschenke. Sie hat darüber nur gelacht. Ihrethalben. Nun ging sie abends öfters zu ihrer Freundin.

Sie wartete gleichwohl furchtbar auf Ihre Briefe. Oft lief sie zur Post und fragte, ob ein Brief irgendwo steckengeblieben sei. Wenn ein Brief mit Ihrer Handschrift ankam, las sie gierig, ausgedürstet, jeden Buchstaben, sogar die Anschrift. Dann hat sie sich aufs Bett geworfen.

Als ich sie einmal fragte: »Was wird denn nun? Fahren Sie zu ihm oder kommt er wieder hierher?«, brach es aus ihr heraus. Zuerst langsam, dann immer schneller, zuletzt ganz rasend, gestand sie mir, ausgerechnet mir, weil sie sonst niemand hatte, um sich freimütig auszusprechen, offenbar war Eliza dazu nicht geschaffen und die Tante auch nicht und Rodolfo erst recht nicht, sie mußte sich wohl auf deutsch aussprechen. »Wer weiß, ob wir uns wiedersehen! Wo soll er denn all das Geld hernehmen, um zu mir zu fahren oder es mir zu schicken, damit ich zu ihm kann? Was wir uns ausgedacht hatten, waren Kindereien. Er glaubt aber immer noch fest daran, daß wir uns wiedersehen, sogar bald. Und wenn ich seine Briefe lese, seine wunderbar gläubigen Briefe, dann glaube ich beinah selbst, unser Wiedersehen stehe bevor.« –

Aber die Tage vergingen. Es vergingen die Wochen, und Monate auch, bis ein Jahr daraus wurde. Und wie im Traum wurde aus diesem Jahr ein neues, und, ohne daß es jemand verlangt hätte, war schon das dritte da.

Mein lieber Herr Ernesto, Sie wissen wohl, es war für Maria Luísa eine Qual, allein zu sein. Oft riß sie die Tür auf und rief: »Ernesto!«

Ich will jetzt nicht mehr über diese Zeit sprechen. Ich glaube, sie war zum Schluß überzeugt, daß es keinen Weg gäbe von Ihnen zu ihr oder von ihr zu Ihnen. – Soll ich Ihnen, Herr Ernesto, wirklich alles erzählen?‹ –

Ich sagte: ›Gewiß, erzählen Sie alles, alles der Wahrheit nach.‹ –

›Da standen plötzlich Rodolfo und Maria vor mir. Sie schlang den Arm um Rodolfos Hals. Sie strahlte, oder sie sah danach aus. Sie sagte: »Du bist die erste, der wir ein Geheimnis verraten. Wir sind Brautleute.« –

Obwohl ich, lieber Herr, an Ihrem Kommen immer gezweifelt hatte, starrte ich Maria Luísa an, als sei sie verrückt geworden. Denn sie war Ihre, nur Ihre Braut. Vor Gott und den Menschen. Etwas anderes war nicht möglich. Kein Reisegeld brachte Rodolfo als Mitgift, sondern sein Erbe, das Haus in der Rua Dantas.

Sie hatte einmal zu mir gesagt: »Jede Nacht mutterseelenallein. Und wieviel Nächte noch?« – In diesem Ton hat sie von nun an nie mehr gesprochen. Ich hörte sie aber oft bitterlich weinen. Nur nachts. Als wisse sie jetzt, wozu das Alleinsein taugt. Ja, bitterlich weinte sie auch nach der Verlobung.

Noch immer zeigte sie mir Ihre Briefe. Einmal sagte sie: »Wenn ich zu ihm fahre, müßte es jetzt noch, sofort geschehen. Eliza würde mir das Reisegeld leihen, da es Ernesto ihr gleich schickt. Meinst du nicht? Wahrhaftig, ich fahre einfach los.«

Ich war durchaus nicht sicher, daß ihr Eliza Geld leihen würde. Ich war aber froh, daß sie von neuem auf euer Wiedersehen hoffte. Dann hat sie mir Ihre Briefe nicht mehr gezeigt. Beim Lesen verfinsterte sich ihr Gesicht. Einmal hat sie gerufen: »Dieser Mensch weiß nicht, was man kann, und auch nicht, wie man es kann!« –

Auf die Hochzeit ging ich, um sie in ihrer Schönheit zu sehen. Ich gebe sonst nichts auf Schönheit. Aber Maria Luísa liebte ich wie ein eignes Kind. Ihr Gesicht war so weiß wie Schnee. Hier gibt es gar keinen Schnee. Nun, wie die Blumen in ihrem Haar. Sie trug den Kranz mit Fug und Recht.

Ich habe ihr nach der Hochzeit viel in dem neu eingerichteten Haus in der Rua Dantas geholfen. Ich schlief auch dort, wenn sie mit ihrem Mann verreiste, was ziemlich oft geschah. Und wenn wir etwas fein herrichten mußten für Gäste. Herr Rodolfo gab viel auf ein gutes Haus. Schnell eingewöhnt war Maria Luísa. Ich kann mich nicht erinnern, daß sie nach ihrer Hochzeit geweint hat. Nein, geweint hat sie nicht mehr.

Doch etwas später hat sie sich zu mir in die Ecke neben den Küchenschrank gesetzt, das war auch früher ihr Lieblingsplatz, und wie aus heiterem Himmel hat sie leise und wild gesagt: »Ach, Emma, wenn ich dich nicht hätte, die du alles Vergangene kennst. Mein Leben jetzt ist schwer zu ertragen.«

Ich sagte: »Hast du nicht Edelsteine genug, die du verkaufen kannst? Heimlich? Kannst du nicht einfach zu ihm fahren? Oder ihn zu dir kommen lassen?« – Sie hat geantwortet: »Ach, Emma, kennst du denn nicht die Gesetze in diesem Land? Hier gibt es keine Scheidung. Man würde mir gar kein Billett aushändigen ohne Rodolfos Erlaubnis. Und wenn er hier ist und ich bin Rodolfos Frau, was wäre das für ein Leben!«

Sie fing wieder an, wie früher, auf Ihre Briefe zu warten. Ich gab acht, daß Rodolfo ihr die Briefe nicht wegschnappte.

Ernesto, warum sind Sie nicht gekommen?

Einmal bestand ihr Mann auf einem großen Festmahl. Maria Luísa, das hörte ich ihr an, das sah ich ihr an, verachtete die Gäste, die Herr Rodolfo durchaus einladen wollte. Er war ja Kaufmann, und er wollte die einladen, die seine Geschäfte förderten. Maria Luísa widersetzte sich. Dann gab sie nach. Wir richteten ein Gastmahl. Maria Luísa war herrlich gekleidet. Sie trug einen goldenen Stoff. Sie sah aus wie die Figuren in den Kirchen von Belo Horizonte. Sie hatte mich gebeten, im Hause zu bleiben und auch nachher dort zu schlafen, denn nach solchen Festen, das kennt man, gibt es immer eine heidnische Unordnung. Ich aber, die ich gewöhnt bin an die Hotelwirtschaft, ich räume so was rasch wieder auf. Macht mir nichts aus. Wupsch, und es ist wie vorher, sauber und hübsch.

Also, Maria zuliebe blieb ich im Haus. Ich glaubte, sie würde sich ausschlafen. Doch nein. Am nächsten Morgen, so früh, wie es ihre Gewohnheit war, erschien sie bei mir in der Küche, ihr Badezeug unterm Arm. Sie sagte: »Emma, ich springe mal schnell ins Wasser. Bitte, mach unterdessen Kaffee. Wir trinken hier, wie früher, am Küchentisch.«

Sie war noch keine zwanzig Minuten fort, Sie wissen wohl, die Rua Dantas stößt direkt auf den Strand, da kamen fremde Leute erregt ins Haus. Hier wohnt wohl die schöne Frau? Und gleich darauf brachte man Maria Luísa. O Herr, mein Gott! Sie war sofort ans Land gespült worden. Sie war nicht sichtbar verletzt. Nur daß sie so weiß war wie bei ihrer Hochzeit.

Die Leute stritten, ob sie einfach ertrunken war und dann ans Land geworfen worden oder von den Wellen gegen den Felsen geschleudert.

Tot war das Kind, das ich wie mein eignes liebte, obwohl, ich habe kein eignes Kind. Ich kann mir vorstellen, daß man sein eignes Kind nicht so liebt, wie ich Maria Luísa liebte.

Gerade Sie, Herr Ernesto, müssen der Überzeugung sein, daß hier kein Zufall gewaltet hat. Frühmorgens geht sie aus dem Haus und kommt nicht mehr lebend wieder. Gewiß, manche Felsen sind abschüssig. Es gibt auch glatte Flächen, die manchmal junge Leute gern hinabgleiten ins Wasser, um zu schwimmen. Manche schwimmen auch zwischen den Felsen hin und her ins offene Meer.

Und Maria Luísa kannte sich aus. Sie wußte genau, wo es Strudel gibt. Sie hat die Stelle, die sie brauchte, absichtlich gewählt.

Warum, Ernesto, sind Sie nicht rechtzeitig gekommen? Vielleicht wär »rechtzeitig« noch vor zwei Jahren gewesen. Ich meine, zwei Jahre vor ihrem Tod. Wenn Sie jetzt plötzlich kommen, da es zu spät ist. Daß Sie gekommen sind, zeigt doch, daß Sie allenfalls herfahren konnten.‹ –

Emma war bei den letzten Worten aufgestanden. Sie hatte sogar einen Blick auf ihre Armbanduhr geworfen. Offenbar war es ihre Gewohnheit, Dinge, die für den anderen wichtig, ja einschneidend waren, zuletzt, im Weggehen, zu sagen. Sie gab mir locker die Hand. Ich machte aber noch einen Schritt zur Tür und fragte, wo jetzt Eliza wohne. ›In einer Vorstadt. Sie hat ein Haus, und sie hat einen Garten.‹

Obwohl Emma so trocken war und ich sie unfähig jeden Gefühls gehalten hatte – mir meine Schuld für jetzt und für immer klarzumachen, darauf hatte sie sich verstanden.

Ich weiß nicht, wie ich nach Emmas Bericht die Ausstellungstage hingebracht habe. Ich übersetzte Dahlkes Erklärungen – fügte dies und jenes hinzu –, ich verteilte Prospekte. Das Ausstellungskomitee lud uns Ende der Woche zu einem Abschiedsbankett ein. Auch war für die wichtigsten Mitarbeiter der Ausstellung eine Rundfahrt durch São Paulo geplant und eine Fahrt aufs Land, auf eine große Farm, damit wir sehen könnten, wie Kaffee wuchs und wie er gepflückt und geröstet wurde. Hinterher sollte es auf der Farm das übliche einfache kräftige Essen geben und so viel Kaffee, wie jeder wollte.

Ich hatte nicht die geringste Lust mitzumachen. Zwar hatte ich keine besondere Zuneigung zu Eliza, da ich aber nie mehr Gelegenheit haben würde, das Mädchen zu sehen, wollte ich sie vor meiner Abfahrt aufsuchen. Auch hatte ich schon als Junge mit Mitschülern die Kaffeeplantagen ihrer Verwandten besucht. Mir waren die Sträucher vertraut, an denen der Kaffee wuchs, an manchen war er schon reif, an manchen blühte er wie im Frühling. Der Geruch von Sieben und Rösten war mir vertraut, das Gesinge der Dörfer, die an die Sklavenwirtschaft erinnerten – genau wie das Herrenhaus, im Kolonialstil erbaut, meist wohlerhalten.

Ich entschuldigte mich, vor der Abfahrt müsse ich Leute in Rio besuchen. Dann bat ich die Transportarbeiter, unsere gläserne Frau zu verpacken; ich sah dabei scharf zu. Ich war aber höchst erstaunt, als plötzlich Professor Dahlke zu mir trat und geradezu in Wut auf mich einzureden begann. Wieso ich denn auf den Gedanken käme, die Kiste mit mir zu schleppen. Verschiedene Herren beständen darauf, einzelne Ausstellungsobjekte in Ruhe noch einmal allein zu besichtigen. Auch hätte er selbst in Berlin sein Ehrenwort gegeben, sich von diesem Objekt nie zu trennen.

Ich hätte mir nicht vorstellen können, daß Dahlke jemals vollständig seine Nerven verlieren und mich beschimpfen würde wie einen kleinen Schüler. Sein Benehmen kam mir sonderbar vor, ganz unzulässig, gewissermaßen verdächtig, obwohl ich den Grund nicht einsah. Zum Glück hatten meine Transportarbeiter, da ihre Zeit knapp war, ohne auf Dahlkes Wut zu achten, die lange Kiste zugenagelt.

Ja, als Dahlke, rot im Gesicht und vor Aufregung stotternd, die Ausladung oder Umladung von mir verlangte, war die Kiste, gemäß meiner Anweisung, bereits unterwegs zum Bahnhof, vermutlich schon in dem Zug von

São Paulo nach Rio. Das teilte ich Dahlke ein wenig spöttisch mit, und da man, wie Sie wohl wissen, durch großes Leid gefeit ist gegen Frechheit und Gemeinheit und Unfug, hieß ich Dahlke gleichgültig, aber scharf, einen anderen Ton mir gegenüber anzuschlagen. Ich dachte flüchtig, vielleicht wird er sich in Berlin über mich beschweren, das ist meine geringste Sorge. –

Ich begab mich dann eilig zur Bahn. –

Früher hatte Eliza nicht weit von Maria und mir in einer Parallelstraße der Rua Catete gewohnt, in einem jener seltsamen schmalen und hohen Häuser, die einem noch immer bewohnt vorkamen von Leuten aus der Kaiserzeit. Eliza hatte uns auf ihrem angeklebten Balkon erwartet, auf dem man nicht sitzen, nur stehen konnte.

Jetzt wohnte sie im Viertel Ipanema. Ihr kleines Haus wirkte ansprechend. Es hatte keinen richtigen Garten, wie ich nach Emmas Worten geglaubt hatte, doch einen Vorgarten, den hohe Gitter vor der Straße verbargen. Bugambilien begannen erst am Haus hinaufzuwachsen. Zwischen blühenden kleinen Mandelbäumen standen ein Tisch und Sessel, alles frisch für Besucher vorbereitet. Als ich die Gartentür öffnete, entstand statt Klingeln eine besondere Tonfolge, die mich zum Nähertreten verlockte, und mein Unbehagen zerschmolz.

Eliza sah aus wie früher. Nur war sie sehr sorgfältig gekleidet. Oft trifft man hier im Land Menschen von eigentümlicher Schönheit, die entstand, weil sich verschiedene Völker vermischt haben. Was sich in Elizas Familie vermischt hat, weiß ich nicht. Ich hatte sie als häßlich in Erinnerung, und sie schien mir auf den ersten Blick unvermindert häßlich. Ihre Backenknochen und ihre Schlüsselbeine traten stark vor. Kein Zug von Güte, von Nächstenliebe milderte Elizas sichtbare Härte. Ich dachte: Und doch, wenn sie spielt, glaubt man einem Zauberwesen zuzuhören. Ich tue ihr also unrecht.

Ich setzte mich an den Gartentisch. Sie bot mir Schnäpse und Zuckerzeug an. Ich betrachtete reumütig ihre langen, schönen Hände. Sie war es, die gleich begann: ›Du siehst unverändert aus, Ernesto. Sicher bist du gekommen, um mit mir von alten Zeiten zu sprechen. Wir waren so fröhliche Schulkinder. Das Glück hat aber bei uns allen nicht vorgehalten. Wenn ich auch selbst nicht klagen kann.‹

Ich antwortete: ›Ja, du hast recht. Ich komme, um noch einmal mit dir über Maria Luísa zu sprechen. Emma, die früher bei Frau Elfriede Altmeier Hausmädchen war, hat mir alles erzählt.‹ –

›Dann bleibt mir erspart, dir das Unglück nochmals in allen Einzelheiten zu berichten.‹

›Eliza, wär ich nur früher gekommen! Wir hätten einen Ausweg gefunden. Diese Heirat wäre nicht zustande gekommen, wenn ich rechtzeitig gekommen wäre. Sie hätte nicht aus Verzweiflung ihrem Leben ein Ende gemacht. Was hat es für einen Sinn, über mein eignes Leid zu sprechen? Über die Vorwürfe, die ich mir ewig machen werde? Maria Luísa hat Schluß gemacht mit ihrem herrlichen, kostbaren Leben. Das wäre nie geschehen, wenn sie und ich rechtzeitig zusammengekommen wären. Ich fasse es nicht, daß die Zeit so hinterhältig ist.‹

Eliza fuhr hoch. ›Was erzählst du da, Ernesto? Wer hat dir in den Kopf gesetzt, Maria Luísa hätte Schluß gemacht mit ihrem Leben? Wer hat dir diese Selbstmordgeschichte aufgetischt? Vielleicht gar Emma? Die hat immer ihren Spaß gehabt an Wirrnis und an Erfindungen.

Ich will dir mal etwas sagen, Ernesto, auf die Gefahr hin, daß du es nicht allzu gern hörst. An dem Tag, bevor sie ertrank durch einen Unglücksfall, an der Stelle, an der schon mancher ertrunken ist, gab es ein Fest in Rodolfos Haus. Auch ich war zu Gast. Maria Luísa sah ungleichlich schön aus. Sie flüsterte mir zu: »Eliza, wie bin ich glücklich!« Vielleicht eine Woche zuvor hat sie zu mir gesagt: »Eliza, ich habe gar nicht gewußt, was Glück ist. Ich hab nicht gewußt, was richtige Liebe ist, und darum auch nicht, was Glück ist. Erinnerst du dich noch an Ernesto? Nun ja, wir waren befreundet. Unsere Schulfreundschaft hat recht lange bestanden. Heute verstehe ich's: viel zu lange. Doch jetzt, mein Leben mit Rodolfo, das ist keine Schulfreundschaft, das ist die Freude, die reine Freude.« – Sie hat den Arm um mich gelegt und gesagt: »Ich hab nicht einmal im Traum geahnt, daß so was Schönes möglich ist.«

Da behauptet jemand, ihr hätte der Sinn nach Selbstmord gestanden. Das ist doch Lüge und Unsinn. Vielleicht kränken dich meine Worte. Die Wahrheit geht vor. Nein, Ernesto, es war ein Unfall. Du mußt dich trösten, mein Lieber, auch wenn es dir weh tut, du mußt dich trösten bei dem Gedanken, daß sie gar nicht geglaubt hat, bei dir das Glück ihres Lebens zu finden. Und ich, wie ich nun einmal bin, ich lasse dich die volle Wahrheit wissen. Man leidet mehr unter einer Lüge als unter drückender Wahrheit.‹

Ich schwieg, vollständig verwirrt. Dann sagte sie: ›Ich will dir mein Haus zeigen.‹ Und sie zog mich durch die Haustür und durch ein paar Zimmer. Ich gab kaum auf meine Umgebung acht. Sie setzte sich ein- oder zweimal ans Klavier, und sie spielte eine Minute, und ich horchte verwundert auf.

Dann fuhr ich in mein Hotel.

Ich fand einen Brief vor, in einer Handschrift, an die ich mich nicht erinnern konnte. Ich sah zuerst nach der Unterschrift. Adalbert Dahlke.

Dann machte ich mich ein wenig verwundert an den ziemlich langen Brief. Ich hatte im ersten Augenblick geglaubt, er stünde im Zusammenhang mit den heftigen Worten, die wir zuletzt in São Paulo gewechselt hatten. Doch rasch verstand ich, was dieser Brief bedeutete. Dahlke schrieb, ich möchte nicht ungehalten sein, daß er in solcher Form von mir Abschied nehme. Es bliebe ihm wirklich nichts anderes übrig. Ein mündlicher Abschied hätte auch für mich selbst manche mißliche Folge nach sich gezogen. Ich hätte ihm abreden müssen, und das wäre zwecklos gewesen, oder ich hätte ihn begleitet. Er hätte aber schon auf der Reise gemerkt, daß so etwas für mich leider nicht in Betracht käme. Er hätte eine Professur in Montevideo angenommen. Doch fahre er aller Voraussicht nach übers Jahr in die Vereinigten Staaten, sobald dort sein Vertrag geregelt sei. Mir wünsche er eine gute Heimfahrt und, da ich es nun einmal so wolle, auch eine gute Zukunft in dem Land, das ich mir für meinen Beruf ausgewählt hatte.

Jetzt verstand ich, warum Dahlke soviel daran gelegen hatte, die gläserne Frau nach Montevideo zu entführen. –

Auf der Rückfahrt dachte ich keinen Augenblick an Dahlke. Ich dachte an die Gespräche mit Emma und mit Eliza. Ob Emmas Erklärung auf Wahrheit beruht hatte, das würde ich nie mehr erfahren. Ich fühlte nur, daß mir Eliza mit ihrer gehässigen Auslegung etwas Böses zufügen wollte, was ich nie mehr vergaß. Doch ihre Worte hatten keinen Eindruck auf mich gemacht. Denn ich besaß ein Pfand, von dem ich weder Eliza noch Emma etwas verraten hatte: Marias Brief, lange nach ihrer Heirat, wie es ihr wirklich ums Herz gewesen war. Mit unzerstörbarer Liebe, mit tiefer Trauer dachte ich tagelang während der Heimfahrt an Maria Luísa. Und diese Gefühle blieben auch später auf dem Grund all meiner Gedanken und Handlungen.

Die Heimfahrt vollzog sich wieder auf einem Schiff, des Passagierguts halber, der gläsernen Frau. – Dahlke hätte sie sicher gern mitgebracht an die neuen Stätten seiner Lehrtätigkeit; auch darum war er so zornig gewesen, daß ich sie nicht in São Paulo auf der Ausstellung ließ, sondern gleich mit nach Rio nahm.« –

Der Schiffsjunge, der immer das Essen ankündigte, stellte sich direkt hinter uns und gongte uns in die Ohren, als seien wir schwerhörig. Ich nahm Triebel unter den Arm, um ihn zu Tisch zu bringen. Dabei fand er noch Zeit zu den Worten: »Alles wäre in Ordnung, wenn man von einem Bericht, der mit dem Tod endet, so sprechen kann. Doch mein Bericht ist noch nicht zu Ende. Verzeihen Sie, Hammer, gerade um des Schlusses willen, der nach dem Ende kommt, nach dem, was ich lange für das Ende hielt, muß ich unbedingt alles erzählen. Ich will Ihre Meinung hören. Vielleicht, daß ich dadurch ruhig werde, ein wenig ruhiger, eine Zeitlang ruhiger. Offen gesagt, ich habe Ihnen alles, die ganze lange Begebenheit ihres richtigen Endes halber so ausführlich erzählt. Das richtige Ende aber trug sich, wie ich Ihnen schon mehrmals sagte, am Tag vor unserer gemeinsamen Abreise zu. Dieser letzte Teil meines Berichts wird wohl nicht lange dauern, denn er ist der Abschluß. Ich werde aber nie aufhören, darüber nachzudenken. Doch zuerst will ich Ihre Meinung hören, Franz Hammer. Wir haben noch ein gut Teil Fahrt vor uns, so bleibt mir also Zeit, wenn Sie es mir erlauben.«

Ich sagte: »Erlauben? Was Sie bis jetzt erzählten, hat mich stark betroffen. Und wenn Sie sagen, der richtige Abschluß wird noch kommen, und wenn ich Ihnen irgendwie helfen kann mit meiner eigenen Meinung, dann will ich alles wissen, das ist klar.« –

Wir setzten uns an unsre verschiedenen Tische. Ich hörte, wie Bartsch zu Triebel sagte: »Wir gehen nachts auf die Brücke, ja? Ich habe mir genau aufgezeichnet, was für Sternbilder an unseren Himmel an Stelle der südlichen rücken.«

Ich fragte, ob ich dabeisein könnte. Bartsch lachte. »Wie können Sie bloß so was fragen?« – »Na, wissen Sie, in irgendeiner Arbeit oder bei einem Versuch oder beim Zuhören kann man eingestellt sein auf einen bestimmten Menschen. Dann stört der dritte.« – »Nein, Hammer. Sie stören uns gewiß nicht. Uns nicht und auch nicht den Großen Bären.«

Nachts zeigte uns Bartsch auf der Brücke, daß das Kreuz des Südens in unserem Nacken abgerutscht war in jene Welt, die uns endgültig entlassen hatte.

Triebel sagte: »Die ersten Eroberer im Norden waren die Wikinger. Lange vor anderen Völkern sind sie an der nordamerikanischen Küste gelandet.«

Wie wir Bartschs selbstverfertigte Karte nachzuzeichnen versuchten unter dem Sternenhimmel, war, ohne daß wir darauf geachtet hatten, der Erste Offizier aus dem gegenüberliegenden Kartenhaus heruntergestiegen und dann zu uns heraufgekommen. Er hatte seinen Spaß an Bartschs Erklärungen und hörte ihm lächelnd zu. Er sprach ganz gut Deutsch, und wenn er der Zeichnung folgte, verstand er alles. Dann lud er uns ein, mit ihm in das Kartenhaus zu kommen, in dem die jungen Leute wie jede Nacht den Kurs des Schiffes nach dem Stand der Gestirne prüften. Er fragte Bartsch, der gut Polnisch sprach, nach unseren Berufen aus. Diese Berufe gefielen ihm.

Der Erste Offizier gab zu, sie hätten vermutlich vor einigen hundert Jahren dieselbe Arbeit ausgeführt. Sie mußten sich aber genauso in unseren Tagen darin üben. Wenn auch unser Schiff mechanisch gesteuert war und ein Signal die kleinste Störung angab, ein Offiziersanwärter mußte sich wie in alten Zeiten auf die Anfertigung von Karten und die Bestimmung der Position nach den Sternen verstehen.

Die jungen Leute waren viel zu sehr bei der Sache, um sich von uns stören zu lassen, und viel zu gespannt, als der Erste Offizier irgend etwas kontrollierte.

Mit unseren Passagierräumen verglichen, in denen andauernd Lärm und Geschwätz herrschte, gab es hier eine unvergleichliche Stille. Nur ein furchtbarer Wirrkopf wie Woytek, der in meiner Kabine herumtobte, hätte es fertiggebracht, diese ernste Stille, die sogar einmal zu seinem Beruf gehört hatte, mit der sinnlos wilden Geschäftemacherei zu vertauschen.

Der Offizier erzählte, er hätte nur eine Achtklassenschule besucht. Zuerst sei er als Schiffsjunge zur See gefahren. Das Meer hätte ihn angelockt. Dann hätte er sich auf dem Schiff in der Freizeit auf sein erstes Examen vorbereitet und bald darauf auf sein nächstes. Einer der Schiffsjungen hörte ihm zu. Er hatte bereits ein Seemannsgesicht, aufmerksam, ruhig. –

Ernst Triebel erzählte am nächsten Morgen: »In Berlin war ich genötigt, Bericht zu erstatten, weniger über die Ausstellung als über die Angelegenheit Dahlke. Man wollte gerade beginnen, mir heftige Vorwürfe über Dahlkes Verschwinden zu machen, sozusagen vor meinen Augen, da griff Heinz Schulz ein, der die gemeinsame Reise vermittelt hatte – er war nicht auf den Mund gefallen, das merkte ich jetzt noch mehr als seinerzeit im Studentenheim, er scheute sich keineswegs, seine Meinung zu sagen. Ohne sich richtig zu Wort zu melden, erklärte er, nicht nur ich, Ernst Triebel, hätte diesen verdammten Dahlke falsch eingeschätzt, und überdies hätte ich ihn ja nicht an der Leine mitziehen können während der ganzen Reise.

Man hörte trotzdem nicht auf, mir sinnlose Fragen zu stellen, warum ich die Absichten des Mannes nicht früher erkannt hätte, was wir auf der Reise gesprochen hätten, mit wem Dahlke verkehrt hätte und ähnliches Zeug. Man fragte auch, wer Dahlke zur Reise empfohlen hätte und gerade mich als seinen Begleiter. Als es hieß, Dahlkes bester Freund, der Professor Oehmke selbst, wurden einige stutzig. Man sah ihnen an, daß sie jetzt auch an der Vertrauenswürdigkeit Oehmkes zweifeln würden. Zum Glück behielt ich bei allen Gesprächen meine Nerven und meine Ruhe. Nur rückten die Menschen wieder von mir ab, als sei ich neu angekommen. Sie wurden mir wieder fremd, fast wie ein fremdes Volk. In meiner Studentenzeit, im Studentenheim, war mir mein Hiersein leichter gefallen. Man hatte immer geahnt, wer Nazi geblieben war, wer die Hitlerzeit endgültig überwunden hatte, wer gewillt war, eine neue Art Leben zu beginnen. Man hielt viel weniger verborgen. Seine Gedanken schüttete man freiwillig aus.

An einem langen, ganz unsinnigen Abend, an dem man über Oehmke gerätselt hatte, da man ja Dahlkes Gedanken hinterher nicht mehr ändern konnte, rissen meinem Bekannten Heinz Schulz die Nerven. Er rief wütend etwas dazwischen, was aber nur die sogenannte Aussprache verlängern konnte, beruhigte sich und saß still bis zum Schluß. Als wir miteinander fortgingen, auf der nächtlichen Straße, verlor er noch einmal seine Zurückhaltung, und er sagte mir zornig: ›Wenn ich gewußt hätte, daß du wieder zurückkommst und gar nicht drüben bleiben willst, hätte ich dir die Reise nicht zugeschanzt.‹

Ich sagte nichts zu dieser Bemerkung. Mir erschien sie widerwärtig und heuchlerisch. Darum war ich auch nicht besonders erstaunt, als dieser Heinz Schulz ein Jahr später mit seinem Professor Oehmke von Westberlin aus nach London flog und dort blieb. –

Trotz all dem Hin und Her beendete ich in dieser Zeit meine Doktorarbeit. Jetzt stand die Frage vor mir, wo ich mich in Innerer Medizin am besten weiter ausbilden könnte. Ich suchte mir einen Platz als Assistenzarzt.

Ich erzähle Ihnen so viele Kleinigkeiten, Belanglosigkeiten. Sie werden sehen, daß mich sogar diese einfachen, selbstverständlichen Dinge auf einen Punkt zutrieben. Auf eine Begegnung am letzten Abend, den ich in dem Land erlebte, aus dem wir jetzt wegfahren. Es war, als ob das Land mich nicht loslassen wollte, bevor meine Jugend nicht noch einmal aufgeglüht hatte, aufgeglüht in einem Wirbel von Lichtern, die dann, als sie endgültig versprüht waren, wie Asche die Frage zurückließen, die ich auch jetzt nicht lösen kann. –

Wenn man auch das Institut für Tropenmedizin in Rostock noch lange nicht eröffnen würde, hatte ich doch manche Möglichkeit, für mich allein zu lernen. Es gab etwas Material in Berlin und in Leipzig, und manchmal hielt man dort Lehrgänge ab. Ich hatte aber damals gar keine Lust nach einer großen Stadt. Ich sagte mir, daß ich

das Land immer noch wenig oder so gut wie gar nicht kenne. Ich wußte nicht recht, wie sich die beiden Ausbildungswünsche vereinen ließen, aber ich sah mir unwillkürlich die Stellen an, die sich in Kleinstädten, sogar in Dörfern boten, in Thüringen und im Erzgebirge. Ich schrieb an das Krankenhaus von Ilmenau, in dem ein Platz offenstand als Assistenzarzt. Der Name Ilmenau war mir irgendwie in den Ohren hängengeblieben. Mir fiel erst später ein, daß Maria Luísa einmal erwähnte, sie hätte dort ihre Kindheit verbracht bis zum Tod ihrer Mutter. Dann war ihr Vater mit seinem Kind und der Tante Elfriede, die damals vermutlich hübsch und unentbehrlich hilfsbereit war, nach Erfurt gezogen. Die Firma, bei der er angestellt wurde, schickte ihn als Einkäufer nach Brasilien. Das Land hat sicher mächtig gewirkt auf seine Einbildungskraft, sein Selbstbewußtsein, seinen Unternehmungsgeist. Er nahm ein Angebot an, das ihn dort auf eigene Füße stellte, und er kündigte in Erfurt. Tante Elfriede war zu ihm gekommen mit der kleinen Maria Luísa. Auch in Rio war sie ihm geradezu unentbehrlich. Sie traute ihrem Schwager gewaltig viel zu, sie spornte ihn an. Alles schien gut zu laufen, wenn es ihm nicht plötzlich ergangen wäre wie meinem Kabinengefährten. Er bekam ein schweres Fieber. Vielleicht hat er auch getrunken und einen Sonnenstich abbekommen – eine Geschichte, die das kleine Mädchen nicht zu erfahren brauchte. –
Tante Elfriede mußte sich also allein mit ihrer Nichte durchschlagen. –
Sobald ich freie Zeit hatte, fuhr ich nach Greifswald zu meinem Vater. Ich erzählte ihm meine äußeren und inneren Erlebnisse. Marias Tod und die Flucht Dahlkes und meine neue Stelle. Mein Vater hörte diesmal nur zerstreut zu. Er unterbrach mich plötzlich und sagte: ›Etwas Wichtiges mußt du gleich erfahren. Ich werde mich wieder verheiraten. Die Frau ist lieb und klug. Ihr Mann ist im Krieg gefallen. Er muß ein anständiger Mensch gewe-

sen sein. Auch sie war immer tapfer und anständig. Auch hat sie noch in der Hitlerzeit zwei Jahre Gefängnis abbekommen.‹

Da ich nicht sofort etwas äußerte, fügte er hinzu: ›Du und ich, wir sind und wir bleiben dieselben Freunde.‹ –

Ich sagte: ›Gewiß.‹ Obwohl mich ohne Grund der Gedanke durchfuhr: Das weiß ich noch nicht. Und ich sagte noch, weil ich ihm etwas Gutes sagen wollte: ›Dann brauchst du nicht mehr jeden Abend hier allein herumzusitzen.‹

Mein Vater sagte: ›Nein, das brauche ich nicht mehr. Und sie wird meine Freunde bewirten, die Wohnung einrichten. Nachher, Ernst, sollst du sie gleich kennenlernen. Sie kommt zum Abendessen.‹

Dazu sagte ich nichts. Ich schwieg eine Weile. Mein Vater fragte: ›Woran denkst du?‹ –

›Ach, Vater, an etwas völlig Abgelegenes. Ich weiß nicht einmal, ob du dich noch daran erinnerst. Wir saßen in Rio unter den Bäumen abends auf dem Platz vor der Post. Da hattest du mir mitgeteilt, daß meine Mutter gestorben sei und daß wir jetzt in die Stadt ziehen würden, du und ich. Und während du das erzähltest – jetzt kommt aber die Sache, an die ich dachte –, saß neben uns ein Mulatte – er spielte unaufhörlich, aber leise ein Lied auf einem sonderbaren Instrument. Jetzt weiß ich, wie das Instrument heißt, das ich damals zum erstenmal sah und hörte: Birimbaõ. Kannst du dich noch an das Lied erinnern?‹ –

›Gewiß nicht. Ich kann mich nicht einmal mehr an den Mulatten erinnern.‹

Ich summte ihm nun das Lied so leise und ununterbrochen vor, wie es damals der Mensch gespielt hatte. Mein Vater sagte aber zum zweitenmal: ›Ich weiß es nicht mehr. Laß.‹

Ich glaube, gerade als unser Schweigen wieder begonnen hatte, rasselte drunten der Haustürschlüssel. Mein Vater sprang auf mit einem freudigen Ausdruck.

Die Frau meines Vaters gefiel mir besser, als ich es mir vorgestellt hatte. Man erkannte sogleich ihr sauberes, ruhiges Wesen. Sie war nicht eigentlich schön, sah aber in ihrer einfachen Kleidung recht gut aus.

Das sagte ich alles meinem Vater beim Abschied, und er freute sich und bat mich, zu ihm zu kommen, sooft ich nur konnte. Ich dachte noch einmal: Das werde ich wahrscheinlich nicht tun. Zuviel hat sich bei dir und bei mir verändert. –

Ich trat meine Stelle in Ilmenau an. Bei der Ankunft freute ich mich, daß mein neues Krankenhaus von verschiedenartigen Bäumen umgeben war und dicht am Waldrand lag.

Der Arzt, mein neuer Chef, er hieß Doktor Reinhard, und ich, wir gefielen einander sofort. Er bot mir an, in diesem Haus zu wohnen, da noch ein Zimmer zu solchem Zweck frei sei. Dieses Angebot nahm ich gern an. Wir aßen zusammen, eine kleine freundliche Frau und eine wie ihr Vater hochgewachsene blonde Tochter. Alle horchten gespannt, was ich von meiner Herkunft erzählte, besonders von meiner brasilianischen Jugend. Ich bat auch bei dieser Gelegenheit, von Zeit zu Zeit einem der Lehrgänge über Tropenkrankheiten folgen zu dürfen, die drei- oder viermal im Jahr in verschiedenen Universitätsstädten stattfanden. Dafür würde ich gern auf meine Ferien verzichten. Ich zeigte ihnen die wenigen Bücher, die ich bereits besaß. Reinhard rief oft aus: ›Wenn ich davon mehr verstünde!‹ Oder: ›Wenn ich nur wie Sie die fremden Sprachen verstünde! Portugiesisch, Spanisch und Englisch. Ich hätte mich wie Sie da hineinknien können.‹

Die Tochter, Erna, bedauerte, daß ihre Freundin Herta nicht da sei. ›Sie ist verträumt genug‹, sagte die Arztfrau, ›sie hätte nach Ihren Erzählungen die ganze Nacht nicht geschlafen.‹

In meiner Freizeit ging ich zuerst auf den Friedhof. Ich fand das Grab einer Frau namens Wiegand, die wahrscheinlich Maria Luísas Mutter gewesen war. Ich legte ein paar Blumen hin.

Schon am nächsten Tag fragte mich der Arzt – man sah daraus, wie klein die Stadt war –, ob einer meiner Angehörigen hier begraben sei. Ich sagte: ›Nein.‹

Ich fühlte mich aber wohl, fast wie ein Katholik, im Schutz dieser Toten.

Am nächsten Abend kam jene Freundin, die Herta Gehring hieß. Sie war ein Jahr jünger als Erna. Sie war schmächtig, schwarzhaarig, mit graublauen Augen. Ich mußte noch einmal Bücher und Bilder zeigen. Sie hörte gespannt, fast atemlos zu. Sie bat mich, in ihrer Freizeit diese Bilder betrachten zu dürfen.

Kurz darauf, bei einem Weg durch die kleine Stadt, stieß ich auf Herta. Wir gingen ein Stück zusammen. Sie fragte mich, ob es mir nicht schwergefallen sei, mich von diesem wunderbaren Land zu trennen. ›Sehr schwer‹, erwiderte ich. ›Ich konnte mich hier kaum eingewöhnen.‹

›Haben Sie dort nicht jemand zurückgelassen aus Ihrer Jugendzeit? Jemand, an dem Ihr ganzes Herz hing?‹ –
›Und?‹ –
›Haben Sie auf sie gewartet?‹ –
›Ich habe lange auf sie gewartet. Habe gehofft, sie käme zu mir. Nun, vor kurzem ist sie gestorben.‹ –

›An was ist sie gestorben?‹ fragte Herta, und ihre Neugier stand in sonderbarem Gegensatz zu ihrer Schüchternheit. Ich zögerte mit der Antwort. ›Dort wohnen viele Menschen dicht am Meer. Sie baden und schwimmen oft. Manchmal in Arbeitspausen. Auch sie hat am Strand gewohnt. Sie ist beim Schwimmen ertrunken.‹ –

Herta dachte lange nach. ›Wer hat Ihnen das gesagt?‹ – Die Sache ging ihr offenbar so nahe, daß sie sich nicht beherrschen konnte.

›Ich war inzwischen selbst dort zur Ausstellung in São Paulo.‹ –

›Sie ist vielleicht aus Sehnsucht nach Ihnen gestorben. Wenn man die ganze Jugend mit einem Menschen verbracht hat. Ich kenne so etwas nicht.‹ –

›Ach, wissen Sie, Herta, sie war ja inzwischen verheiratet.‹ –

› Was hat das damit zu tun? Deshalb kann sie immer weiter an Ihnen hängen. Und wie sie im Meer war und mit den Gedanken spielte, hat sie sicher stark an Sie gedacht und dabei den Halt verloren.‹ – Wir gingen ein langes Stück schweigend zusammen.

› Wie hat sie geheißen?‹ –

›Maria Luísa.‹ –

›Ich glaube, Sie werden sie nie vergessen.‹ –

› Vergessen? Nein. Nie. Das war mein Leben. Doch seit dieses Mädchen lebte, ist schon ein gutes Stück Zeit verflossen!‹

›An welchem Tag ist sie gestorben?‹

›Ach, sehen Sie, Herta, das weiß ich nicht einmal. Danach vergaß ich zu fragen. – Wir sind schon vor dem Krankenhaus. Bitte, essen Sie heute abend mit uns zu Abend.‹ –

›Mein Vater wartet auf mich. Ich komme nachher bestimmt.‹ –

Mit diesem Mädchen war ich mehrmals auf weiten Wegen. Sie kannte sich aus im Wald und in den Bergen, und ich verstand erst jetzt, wie weich und still die Landschaft unseres Heimatlandes sein kann. Herta freute sich, wenn ich so etwas sagte. Ja, ich verband das Wort Stille geradezu mit den Orten, die wir zusammen besuchten, mit dem tiefen Wald und den Hügeln. Ich verband das Wort Stille mit meiner Heimat. Wir gingen auch zu den Stätten, die durch den Aufenthalt von Goethe ihre Berühmtheit erlangt haben. Aus irgendeinem Grund, einer Liebschaft oder einer Jagdpartie seines Herzogs, hat er dort gewohnt. Mir bedeutete Goethe wenig. Er kommt mir hochtrabend, in allem gewollt edelmütig vor, mir ist es, als dächte er andauernd an die Nachwelt, während doch seine Zeitgenossen Zuspruch genug nötig hatten, die unbeachtet bei schäbiger Arbeit in den Tälern lebten. Ich fürchtete aber, alles, was damit zu tun hatte und fern von allem war, was er selbst darzustellen wünschte und wirklich der Nachwelt eingeprägt hatte, Herta mitzuteilen. Von diesem Gedanken verriet ich ihr gar nichts, um sie nicht zu kränken, denn sie war sowohl daheim wie in der Schule dazu erzogen, in Goethe eine Art höhere Natur zu sehen. Das könnte ich ihr nur behutsam abgewöhnen. Wir zogen auf den Berg, der Gickelhahn genannt wird, und sie zeigte mir, von der Hand Goethes geschrieben, sein berühmtes Gedicht ›Über allen Gipfeln ist Ruh‹. Ich merkte, wie sie mich vorsichtig ansah, ob diese Verse wirklich in mir das erwartete Gefühl hervorriefen. Ich sagte: ›Eines der schönsten Naturgedichte, die ich in deutscher Sprache kenne.‹ Darauf fragte sie mich, was ich darunter verstünde. Ob ich mir etwas Schöneres vorstellen könnte. Ich erwiderte: ›Nun ja, Herta, ein Naturgedicht, ein Gedicht, das mit erlesenen Worten nicht von der Natur spricht, von Vögeln und Bäumen, sondern vom Menschenleben, mit all seinen Freuden und Qualen.‹

Ob ich ihr ein spanisches Gedicht übersetzen könne, zum Beispiel von García Lorca, den die Faschisten ermordet hatten? Davon hatte ich ihr bereits erzählt.

Nach einigem Nachdenken übersetzte ich ihr auf dem Heimweg das Gedicht von dem Mädchen, das sein Freund für unverheiratet hält, bis sie all ihre vielen Mieder und Röcke abgelegt hat und sich zu ihm in ›hundshohes Gras‹ legt.

Ich spürte bereits beim Übersetzen, daß dieses Gedicht für ein junges Mädchen aus Ilmenau nicht geeignet, kaum verständlich war.

Ich übersetzte ihr auch Gedichte von Machado, der im Konzentrationslager gestorben war. Seine Gedichte waren ihr leichter verständlich. Dann versuchte ich ihr zu erklären, als wir darauf zu sprechen kamen, daß der Stierkampf kein barbarischer Kampf mit dem wehrlosen Tier sei, eher ein Symbol – im drohenden Nahen des Tieres würden die Spanier ein Symbol des Todes erblicken.

Ich erzählte ihr auch von Mexiko, das ich nicht kannte, daß man dort mehr malte als dichtete. Ich versprach, ihr daheim Wandbilder zu zeigen. Die ganze Geschichte Mexikos sei an die Wand einer Loggia gemalt, die zu der Ebene offenstehe. Mir hatten Freunde erzählt, mancher Indio würde sein Maultier an einen Baum binden und mit Frau und Kind hinauf in die Loggia steigen und ihnen alles erklären, von Cortez und seiner Bosheit bis zu dem weißen Pferd Zapatas.

Dann kamen wir auf den großen Bildhauer Brasiliens zu sprechen, Aleijadinho, und Herta bat mich, mir abends noch einmal die Abbildungen zu zeigen.

Sie fragte mich plötzlich, ob ich die Statuen von Aleijadinho zusammen mit Maria Luísa betrachtet hätte. Ich sagte wahrheitsgemäß: ›Ja.‹

Darauf sagte Herta etwas Sonderbares: ›Ich würde mich ganz verändern, wenn ich sie mit dir sehen könnte. Du wirst Maria Luísa nie vergessen, wenn ihr so etwas zusammen gesehen habt wie diese hohe Treppe mit den Propheten.‹

Darauf wußte ich nichts zu antworten. Ich gedachte der Stunden, die Maria und ich in Belo Horizonte verlebt hatten. Mein Herz tat mir weh. Wie konnte ich Hertas bescheidene Schüchternheit mit Maria Luísas schimmerndem Gold vergleichen?

Ich dachte zugleich: Warum sollen alle Mädchen wie Gold schimmern? Es gibt auch unvergoldete Göttinnen, weiße und farbige. –

Kurze Zeit später erhielt ich eine überraschende Aufforderung. Mir war es gar nicht bewußt geworden, daß ich in den Lehrgängen, zu denen ich alle zwei, drei Monate fuhr, besonders auffiel: Meine schriftlichen Arbeiten waren offenbar besser als manche andere. Darum wählte man mich, als eine solche Einladung kam, zu einer Konferenz über tropische Medizin, die ungefähr einen Monat dauern würde, nach Bahia zu fahren.

In Bahia, besonders in seiner Hauptstadt Salvador, gab es sicher mehr Material als sonst wo, vor allem gab es lebendiges. Dazu kam, daß ich noch nie in Bahia gewesen war. Ich wunderte mich, daß sich mir auf einmal diese Möglichkeit bot, obwohl ich gar nicht mehr so stark danach verlangte, Brasilien wiederzusehen.

Es war mir aber wichtig, Bahia zu sehen, in diesem Teil des Landes gab es die meisten Neger. Viel mehr Neger als Weiße. Ich nahm die Einladung freudig an.

Mein Chef gab mir gern Urlaub. Nur Herta war sehr bekümmert. ›Wer weiß, ob du wieder zurückkommst. Das ist das Land deiner Jugend, deines Wesens.‹ – ›Wie redest du denn?‹ sagte ich lachend. ›Im Stil der Klassiker. – Dort sind drei Viertel der Menschen schwarz. Für mich ist das wunderbar, aber zunächst völlig fremd. Ich will mir alles ansehen und lernen und dann zurück nach Ilmenau fahren. Du und ich, wir waren noch nicht einmal in Erfurt. Das ist mir jetzt so wichtig wie Salvador.‹

Aber Herta blieb traurig. Ihr kleines Gesicht zuckte. Sie verbiß sich das Weinen. Ich wunderte mich, wie stark sie an mir hing. Zugleich begriff ich, daß ich eine ganz neue, eine flimmernde, farbige Welt in ihr Dasein gebracht hatte. Das quälte mich und freute mich auch.

Zum Abschied brachte sie mir einen Strauß Feldblumen, obwohl sie wußte, wie bald diese verwelken würden, und ein Dutzend besonders schöner Äpfel, die vermutlich standhalten würden. Sie war verwirrt, als ich sie heftig küßte. Ich schenkte ihr ein Ringlein, in das in Vergißmeinnichtform blaue Steinchen eingelegt waren. Ich hatte es nicht gekauft, aber ich wußte nicht mehr, woher es stammte. Maria Luísa jedenfalls hatte nie solchen Schmuck getragen. Vielleicht von meiner Mutter? –

Sie werden bald begreifen, Herr Hammer, wieso wir uns über kurz oder lang, Sie und ich, auf ein und demselben Schiff befinden. So ist es geschehen, daß ich Ihnen meine ganze Lebensgeschichte erzählen konnte – mein Leben ist ja noch ziemlich kurz. Ob kurz oder lang, ich habe Ihnen das Wichtigste erzählt. Aus manchem werde ich selbst nicht klug.«

»Ich glaube, Sie haben darin gutgetan. Es wird Ihnen leichter ums Herz werden.« –

»Wir sind noch nicht zu Ende. Ein bitterer Rest wird noch kommen.«

Jemand klopfte mit auf die Schulter.

Als ich mich umdrehte, stand Sadowski hinter mir. Er lachte und sagte: »Kommen Sie schnell mit mir in den Mannschaftsraum. Ich will Ihnen dort etwas zeigen.«

Er fuhr fort, als wir hinunterstiegen: »Die Nonne – ich habe Ihnen schon oft erzählt, daß sie ein Herz für die Mannschaft hat – sitzt jetzt in Wladimir Klebs' Kabine, und er serviert ihr Kaffee und Schnaps. Das ist ein Bild für Götter. Sie ahnt sicher nicht, daß irgendwer nach ihr Ausschau hält, gerade in Wladimirs Kabine. Sie guckt ihn auch immerzu mit ganz verdrehten Augen an. Na, sehen Sie selbst.«

Wir passierten ein paar Türen, bevor wir vor Klebs' Kabine standen. Der Matrose, mit dem er sie teilte, scheuchte uns weg. Er kam öfters zurück und brachte etwas zu trinken. Sadowski machte in einem fort verschiedene Versuche, die Aufmerksamkeit auf die Nonne zu lenken oder Klebs zu hindern, ihr eine frische Flasche anzubieten.

Klebs war ärgerlich, weil man ihn störte. Er ging hinaus und forderte Ruhe, damit er sich ungestört unterhalten könne. Er hätte mit der Nonne etwas äußerst Wichtiges zu besprechen. Ich war schon dahintergekommen, daß die zwei eine Unterhaltung führten und daß Sadowskis Mutmaßung Unsinn war.

Klebs' Kamerad hätte sonst sicher nicht immer wieder Gebäck und Kaffee in die Kabine gebracht, wenn es nicht einen ernsten Grund geben würde, für die Nonne zu sorgen. Schließlich verabschiedete sie sich. Die Kameraden drängten sich um Wladimir Klebs und fragten ihn aus nach dem Ergebnis der Unterhaltung. Sadowski war schon seines Wegs gegangen, als ob er spürte, daß das Gespräch nicht für seine Ohren bestimmt war. Doch die Matrosen fragten Klebs ohne jede Scheu aus. Auch machte Klebs ein Zeichen, daß ich ruhig mit zuhören könnte.

Die Nonne, erzählte Klebs, sei eine Spezialistin für Blindenschrift, auch Brailleschrift genannt. Sie hätte schon Dutzenden, ja Hunderten von blinden Kindern das Lesen beigebracht. Die Buchstaben seien plastisch den Seiten eingeprägt, so daß das angelernte Kind nach einer gewissen Zeit imstande sei, die Seiten abzutasten und dadurch zu lesen. Es könne sogar nach und nach Atlanten entziffern. Das sei aber eine schwierige Aufgabe, die die Konzentration des Kindes erfordert, vor allen Dingen auch die des Lehrers.

Nun hatte Wladimir Klebs eine kleine Schwester, die seit Jahren durch eine Krankheit erblindet war. In Polen sei man erst im Begriff, eine Blindenschule für Laien zu gründen. Für blinde Kinder gab es bis jetzt eine geistliche Schule, die an eine gewöhnliche geistliche Schule angeschlossen sei. Wladimir Klebs sei durch Zufall schon einmal auf diese Nonne gestoßen, sie sei in ihn gedrungen, die kleine Schwester in ihre Schule zu schicken. Die Laienschule für Blinde würde vielleicht erst nach Jahren eröffnet werden. Warum sollte das Kind so lange warten?

Die Nonne hatte sogar in Brasilien versucht, das Braillesystem einzuführen. Jetzt sei dort eine Gruppe Nonnen damit beschäftigt, die Blindenschrift ins Portugiesische zu übertragen. Sie würden sich dadurch einen großen Zufluß in ihren eignen Schulen erhoffen. Doch Klebs' Familie, im Gegensatz zu vielen Familien in Polen, sei heftig gegen die Kirche eingenommen. Ihr widerstehe es, das Kind in eine solche Schule zu schicken.

Von all diesen Dingen hatte Wladimir Klebs der Nonne erzählt. Sie hatte auf ihn eingeredet, sein Hauptziel müsse bleiben, das Kind in einer guten Schule für ein halbwegs normales Leben zu erziehen. Klebs wußte aber, wenn er diese Ansicht seinem Vater vermittelte, würde dieser nur zornig werden. Was heißt das, ein halbwegs normales Leben? Das Kind wird einen Mangel mit einem anderen vertauschen. Eine große Frage, welcher Mangel der schwerere ist. Die Nonne selbst würde sicher sagen, wenn eine ähnliche Frage vor ihr stünde: der geistige.

Wir redeten die halbe Nacht über das Angebot, das man Klebs gemacht hatte, und über die Vorteile und Nachteile für seine kleine Schwester.

Wir redeten Klebs zu, einen Lehrer der künftigen Laienschule für Blinde ausfindig zu machen und ihn vor allem um seinen Rat zu fragen. Er mußte auch wissen, wann diese neue Laienschule voraussichtlich eröffnet würde. Wenn dieser Zeitpunkt bald bevorstand, war die ganze Frage gelöst. Seltsamerweise zögerte Klebs, als ob er bereits dieser Nonne viel Zuspruch und Hilfe verdanke. Ihm selbst wäre vielleicht lieber gewesen, das Kind sofort in die religiöse Schule zu schicken.

Als ich wieder mit Triebel allein zusammenstand, bat ich ihn, recht viel von Bahia zu erzählen, denn auch ich war dort noch nie gewesen. Ich habe schon einmal gesagt, daß mir Reiseberichte lieber sind als Liebesgeschichten.

Triebel fing also wieder an: »Wir flogen mit dem Flugzeug nach Salvador. Auf dem Rückweg wollte ich ein Schiff benutzen, denn ich mußte eine ganze Bibliothek transportieren, ihr Kauf war mir daheim aufgetragen worden. Man muß sich daran erinnern, im Krieg war ein großer Teil Material verbrannt. Meine Last würde die Flugzeugfahrt maßlos verteuern.

Gleich auf dem Flugplatz empfingen mich Abgesandte des Kongresses, nur Neger, von klugem und heiterem Aussehen. Man brachte mich in ein kleines Hotel – der

Kongreß hatte nicht viel Geld zur Verfügung, auch waren nicht allzuviel Teilnehmer gekommen, ein paar Franzosen, zwei Schweden, ein Sowjetprofessor, verschiedene Lateinamerikaner, ein vorurteilsloser Nordamerikaner.

Ich war schnell gewohnt, viel mehr Schwarze als Weiße um mich herum zu sehen. Ich weiß nicht, wie sie uns beachteten. Vermutlich war ihnen unsere Hautfarbe völlig gleichgültig. Ich staunte über die Unzahl Kirchen. Ich sah ziemlich viel ins Gebet versunkene Neger, hauptsächlich Frauen.

Mein Begleiter, ein junger Arzt namens Da Castro, sagte: ›Sie kommen oft aus Aberglauben in die Kirchen, aus Erinnerung, aus überschwenglichen Gefühlen.‹

Nach einer Weile bemerkte ich an seinem Hals ein Amulett und fragte ihn, warum er es trage. Er sagte ohne Verlegenheit: ›Das ist kein Amulett, es ist ein Kennzeichen. Es macht unseren Freunden klar, daß ich zu einer ganz bestimmten Gruppe gehöre, zum Vorstand der Gruppe, die unseren Gottesdienst leitet. Haben Sie denn noch niemals etwas gehört von Candomblé?‹

Ich sagte vorsichtig: ›Ich kenne aus Rio nur die Macumbasekten. Man findet zuweilen Häuflein von Asche und Scherben, wie nach einem kleinen Brand, an einem Ort, an dem sie ihre Zeremonien vollzogen haben, oder auch als Drohung gegen böswillige Nachbarn. Sie geben alljährlich der Göttin des Meeres am Strand ein großes Fest mit Tanz und Gesang. – Soll nun ein solches Fest einen heidnischen oder einen religiösen Brauch bedeuten?‹

Da Castro wurde zornig. ›Was kümmert Sie, ob ein solcher Brauch heidnisch ist oder angeblich religiös? Wie wollen Sie so etwas unterscheiden? Woran merken Sie, daß das Heidnische heidnisch ist? Oder das Religiöse religiös, außer an dem Geschwätz seiner Priester? Und nicht einmal darauf können Sie sich verlassen.‹

›Sie gehen aber irgendwie auf den Verstand zurück.

Vielleicht auf einem Irrweg. Sie sind vielleicht von alten Sitten abgeleitet. Aber nicht nur auf Anbetung der Natur.‹ –

Da Castro unterbrach mich. ›Sehen Sie sich an einem Abend alles an. Wir haben nur nachmittags Vorlesungen.‹

Ich muß dazwischenschalten, daß ich überrascht war von der Qualität der medizinischen Vorträge. Dabei gab es nicht die geringste Anspielung auf irgendeinen mißverständlichen Brauch. Man war auch gern bereit, mir zu helfen bei der Auswahl von Lektüre für meine Heimat. Da Castro war Arzt in einem Institut für Leprakranke. Seine Erklärungen, immer streng wissenschaftlich, hatten nichts zu tun mit den seltsamen Anspielungen, die er manchmal, wenn wir allein waren, in unseren Gesprächen wagte. Nur, als ich ihn fragte, ob auch einer seiner Kranken ein solches Amulett trage – er hatte mir bedeutet, daß das Amulett das Recht gebe, zu einem bestimmten höheren Kreis der Vorgesetzten zu gehören –, erwiderte er lebhaft: ›Gewiß, warum nicht?‹

Wir studierten Tag und Nacht mit Hilfe der Einheimischen. Wie gern wäre ich hiergeblieben, hätte ich mein Studium fortsetzen können. Für kurze Zeit war meine Vergangenheit in Ilmenau verflossen. Auch die kleine grauäugige Herta hatte sich aufgelöst. Schnell war mir weiße Haut fremd geworden. Ich fühlte aber, daß mein Zustand nur so lange dauern würde, wie ich hier lebte.

Da Castro vertraute mir an, welche Schwierigkeiten er durchgemacht hatte, um die Oberschule zu besuchen und dann erst recht die Hochschule. Sie hatten kein Geld gehabt, um sich Bücher zu kaufen, nicht einmal alte. Darum hatten sie sich auf Stunden die einzelnen Bücher aus Bibliotheken geliehen. Und seine Mutter, die ehrgeizig war, half ihrem Sohn mit allerlei Heimarbeit. Als er glücklich das Examen bestanden hatte, gab sie ein Fest, wie er nie mehr eines erleben würde.

Die Untersuchung und Behandlung der Kranken in

Castros Spital stand in einem gewissen Widerspruch zu den Begegnungen mit Aussätzigen auf den Straßen. Diese wirkten ganz hoffnungslos. Die ernährten sich wohl nur als Bettler. Sie lebten meistens in ihren Familien. Niemand schenkte ihnen besondere Beachtung. Sie gehörten zum Straßenbild, und auch nur ein Arzt entdeckte diesen und jenen, wenn er scharf in die Menge hineinsah.

Es war begreiflich, daß ich in dem hausweiten Zelt, der Candomblé, in das mich Castro abends mitnahm, keinen einzigen Weißen fand. Zu heftigem Gesang wogten die Gewänder der Frauen. Sie nahmen eine Hälfte des Zeltes ein, die Männer standen in der anderen Hälfte. Und auch die Leiterin des Abends, die Vorsitzende, die Priesterin, eine würdige, dicke Frau, hatte auf ihrem Sitz Männer und Frauen vor sich, das ganze Toben in ihrem Zelt. Um sie herum standen einige Männer der Leitung, auch Castro, gekennzeichnet durch verschiedene Amulette, die ihre Zugehörigkeit kundgaben. Ich verglich Castros Gedanken bei den Tänzen und Liedern dieser Gemeinde mit seiner Aufmerksamkeit bei unseren Vorträgen. Wahrscheinlich war er als Junge von den Gebräuchen des Klosters abgeschreckt worden und zu einer Art Naturreligion gekommen.

Aus Afrika hatten sie ihre Sitten mitgebracht, die sie zusammengehalten hatten, trotz Sklavenschiffe, trotz Ketten. Jetzt gab es hier keine Sklaverei mehr. Die Neger waren aber noch immer durch ihre uralten Bräuche miteinander verbunden.

Als Junge hatte ich gelegentlich einer jener Macumbaszenen beigewohnt. Hier sah ich zum erstenmal im Leben reines Heidentum, durchaus nicht verwildert, sondern mit vielen festen Gebräuchen. Ich dachte mir, diese stammten sicher, ganz wie die Tracht der Frauen, aus den Zeiten der Sklaverei, als es für die Vorfahren dieser Menschen einen Schritt in die Freiheit bedeutete, sich nachts heimlich zusammenzufinden mit Tänzen und Liedern, an einen Ort gerufen durch den dumpfen, nur ihnen begreiflichen Klang der Trommeln. Die Weißen in Afrika fürchten heute noch die Rufe der Urwaldtrommeln. Hier aber waren die Neger frei. Ihr Fest war eine Nachahmung alter Bräuche.

Die Teilnehmer glaubten, die Götter, die sie anriefen, redeten nicht zu ihnen, sondern seien imstande, sich mit ihnen zu vereinen, um sozusagen aus ihren Seelen, aus ihrem Innern, aus ihnen zu reden. Im Augenblick, in dem sie das Eindringen der Gottheit spürten, fielen sie vor Ergriffenheit auf den Boden und zuckten in Ekstase.

Castro war enttäuscht, weil das Fest auf mich nicht den Eindruck machte, den er erhofft hatte. Ich versuchte ihm zu erklären, warum sich die Menschen meines Erachtens nach einem uralten Brauch zusammengefunden hätten. Er war nur zornig über meine Vernunftsgründe. Er fragte mich, ob ich die Priesterin allein zu sprechen wünsche, um Aufklärung zu finden oder sie sonst um einen Rat zu fragen. Ich erwiderte aber, nein, ich hätte nicht das geringste Bedürfnis, mir bei einer Priesterin oder bei einem Geistlichen Rat zu holen. Castro bedauerte mich, ich hätte ein ganz dürftiges Leben. ›Kann sein‹, erwiderte ich, ›mein Leben könnte freier und reicher und glücklicher sein, wenn ich mich wie Sie an verschiedenartige Bräuche halten würde.‹

Ich benutzte die Zeit, die ich noch in Bahia blieb, um soviel wie möglich zu sehen, vor allem aber für unsere Bibliotheken nützliche Einkäufe zu machen. Zuletzt hatte ich so große Pakete beisammen, daß die Schiffahrt durchaus nötig geworden war. Zu meiner Freude stand das polnische Schiff, mit dem ich am liebsten heimfahren wollte, um diese Zeit in Bahia, die ›Norwid‹, mit der wir jetzt fahren. Es würde in zwei Tagen aufbrechen, hieß es, und eine Zwischenlandung in Ilhéus machen, wo ein beträchtliches Quantum Kakao erwartet wurde. Ich stellte meine Pakete an Bord ab und begrüßte den Kapitän und seine Offiziere. Wir waren nur wenige Passagiere. Die meisten würden aus Rio kommen, zum Beispiel Sie selbst, das Sängerpaar, das damals noch auf einer Tournee war, die Konsulin mit ihren Kindern, unser sternenkundiger Freund Bartsch – seine Tante hatte durchaus gewünscht, daß er bei ihr in Belo Horizonte bleibe, er hatte aber in sein Bergwerk zurückfahren wollen –, Ihr jetziger Kabinengenosse Woytek, der, wie ich glaube, damals seine Papiere in Rio auf der Botschaft holen mußte und auch um das Reisegeld bitten, und noch ein paar Leute, die später eintrafen. Sofort war die Nonne bei uns an Bord mit ihrer dünnen Begleiterin. Beide kamen aus einem Kloster in Bahia. Sie saß schon damals an einem besonderen Tischlein, sprach aber mit niemand, nur mit der Begleiterin, die mir auch nonnenhaft vorkam. –

Ich lud Castro aufs Schiff ein. Ich trank mit ihm Wiśniówka und zeigte ihm unser ganzes Schiff. Es ist, wie Sie wissen, fast neu. Er äußerte seine Bewunderung. Mir gegenüber war er aber nicht mehr so freundschaftlich und offen wie in der ersten Zeit meiner Ankunft. Ich glaube, meine Zurückhaltung gegenüber seinen Veranstaltungen hatte ihn tief verletzt. So als hätte ich mich spöttisch geäußert über die Religion eines Gläubigen.

Trotzdem hatte er mich herumgeführt und mir viele Orte gezeigt. Er führte mich in viele Wirtschaften, in denen nicht nur gegessen und getrunken wurde, sondern getanzt und gespielt. Auch hatte er mich an verborgene Hafenteile geführt – wie leicht konnte man dort den Zollbeamten und Kommissaren entschlüpfen. Er führte mich in Kellerwohnungen, in denen seine Bekannten und manchmal auch seine Patienten hausten, in Engnis und Beklemmnis fröhlich hausten. Es war, als sei der Kellerdunst im Begriff, sich aus seiner dicken, stickigen Unterirdischkeit aufzulösen, sich zu vermischen mit Gitarren und Liedern, die unglaublich süß lockten. –

Er zeigte mir den Großmarkt. Ich war ganz benommen von dem Geruch seiner Früchte, aller Früchte des Landes. Ich starrte den Schmuck an, viele Arten von Ketten, aus aufgereihten Kernen, welche von Früchten stammten, die ich hier in der Natur noch nie erblickt hatte; manche waren haarig, aber gleichwohl im Innern feuerrot, andere so glatt wie die Haut eines Mädchens, aber blaßgrün, und man sagte sich, diese Kette taugt für eine Mulattin und diese für eine Weiße und vielerlei Ketten für Negerinnen. Wäre ich länger hiergeblieben, ich hätte vielleicht den Glauben der Menschen, auch Castros Glauben, besser verstanden.

Es gab viele Buden voll allerart Schmuckstücke, die Ketten aus bunten Perlen schienen wie Beeren an Stauden, aber auch richtige Stauden gab es, an manchen Obstbuden waren Bananen angebracht, und andere Früchte, die sonst an Palmen wachsen, wuchsen hier in den Wandelgängen zwischen den Buden.

Auf einmal hatte ich den Gedanken, alle Art Früchte zu kaufen und eine von jeder Sorte, sorgfältig verpackt, halbreif, denn sie hatten ja unterwegs Zeit zu gedeihen, Herta mitzubringen. Sie war sehr neugierig auf solche Früchte. Da ich mir plötzlich vereinsamt vorkam, kaufte ich kleine Geschenke für die Tochter des Arztes und die Frau meines Vaters. Eine erhielt eine bunte Kette, die andere einen fischförmigen Kamm.

Es gab Stände mit allerlei recht schäbigen Kleidungsstücken, sicher deckten sich hier solche Kellerbewohner ein, wie wir sie vorher besucht hatten. Es gab auch eine Halle voll Lederwaren, darunter sah man kunstvoll gekerbte. Ich kaufte mir ein Paar derbe Sandalen aus Fell für den Winter.

Am letzten Abend gab man uns in Bahia eine Art Fest. Der Gastgeber war kein Teilnehmer unserer Konferenz gewesen. Er war Mitglied einer Akademie, ein im ganzen Land bekannter Arzt. Er war mit einem unserer Teilnehmer befreundet, und er wußte, daß wir nicht allzuviel Geld für Festlichkeiten übrig hatten. Die Frauen seiner Familie bereiteten selbst alle Speisen. Getrunken wurde viel. Auch die zufälligen Gäste aßen und tranken. Zum

Teil vielleicht seine Patienten, die Hunger und Durst und ihre Freude an Lustbarkeiten stillten. Viele bekamen nur ein Glas Wein und einen Teller voll Früchte.

Wir saßen alle durcheinander, ohne jegliche Platzordnung, in einem großen holzgetäfelten Raum. In allen Wänden waren Fenster, so daß man von jedem Platz aus das Meer sehen konnte, denn das Haus, in dem wir an diesem letzten Abend zu Gast waren, lag auf einer Halbinsel. Es füllte sie völlig aus mit Terrassen und Gärten.

Der Gastgeber erzählte uns, letzte Woche hätte man von einem vorüberfahrenden Schiff aus einen Kranken in sein Haus gerudert. Dergleichen Vorfälle geschähen öfters. Dieser Kranke, ein Seemann, ein Neger, war schon auf dem Schiff von einem schweren Fieber ergriffen worden, und kurz vor der Landung hätte er nochmals einen Anfall erlitten. Auch er, der Arzt, hätte in all der Eile den Ursprung der Krankheit nicht gleich erforschen können. Sie hätten nur die Familie des Kranken, die hier lebte, benachrichtigt. Es sei noch unklar, was jetzt mit dem Kranken geschehen könne.

Ein Arzt, der Teilnehmer unserer Konferenz war, bot sich an, nach einiger Zeit den Matrosen in seinem Krankenhaus unterzubringen, wenn unser Gastgeber bereit sei, den Mann in seinem eigenen Haus so lange zu beherbergen.

Mir kam der ganze Vorgang kompliziert vor, fast undurchführbar, doch unsere Gäste spornte er an, er bot ihnen offenbar eher eine Art von Vergnügen. Man hörte, während wir sprachen, in einem fort Wellen gegen die Gartenterrasse schlagen. Durch welches der Fenster man zufällig sah, man erblickte einmal ein nahes Ruderboot, mit Gemüse beladen, auf dem Weg zum Markt, bald weit entfernt ein Motorschiff, das in einem gewissen Abstand der Küste folgte.

Zwei Knaben, nicht schwarz, sondern blond, stürzten herein mit Körben voll allerlei Früchten. Sie stellten die Körbe ab und zeigten uns unglaublich geschickte akrobatische Spiele. Wir erfuhren, daß diese blonden Akrobaten Söhne des Arztes waren.

Der dauernde Anblick des Meeres mit all seinen Schiffen, das Vogelgeschrei, der Rhythmus der Wellen, die ganze Sorglosigkeit der Gäste gaben mir das Gefühl, schon auf einem Schiff zu fahren.

Wir tranken und sangen so lange, daß ich gleich in der Frühe, nachdem ich mein Handgepäck abgeholt hatte, endgültig auf mein Schiff zog. Wir lagen dicht am Ufer. Die Küste entlang stand eine Kirche neben der anderen. Sie waren zum Teil verdeckt von staubigen Palmen. Der Purser nahm meine Papiere in Augenschein. Castro kam noch einmal an Bord, um mir gute Fahrt zu wünschen. Er war erstaunt über die Nonne und ihren recht beträchtlichen Anhang, denn allerlei Leute begleiteten sie zum Abschied an Bord, Bekannte, Nonnen und Laienschwestern.

An meinem Tisch saß ein kleines, mageres Ehepaar, das Portugiesisch sprach. Viele Neger, wahrscheinlich Landarbeiter, lagen auf Deck herum oder liefen zwischen den Lagerräumen.

Da noch alle fehlten, die in Rio zusteigen würden, waren wir nur wenig Leute in Bahia, um die Reise nach Europa schon hier zu beginnen.

In Ilhéus verließ uns das magere Paar. Sie waren vielleicht Kaufleute. Ich bewunderte sehr den Schwung, mit dem sie bei ihrer Ankunft auf offenem Meer von der Schiffstreppe aus das kleine Motorboot bestiegen, das sie an Land brachte. Sie waren offenbar an diese Reise gewöhnt. Ich stellte fest, wie viele Neger, die sich vielleicht in Bahia zur Arbeit auf den Kakaopflanzungen verpflichtet hatten, gleichfalls hier auf offenem Meer das Schiff verließen, denn da es hier keinen richtigen Hafen gab, fuhr es nicht bis zur Küste. Gestopft voll Kakaosäcke waren die Ruderboote, die die Neger vom Land brachten.

Es dauerte einen guten Tag lang, bis unser Kakao verladen war. Unter den Anordnungen des Vorarbeiters wurde die Fracht in den Laderaum versenkt. Ich rechnete nach, wieviel Säcke Berlin für einen Winter bräuchte. Die Neger fuhren in Abständen an Land zurück, um ihre Boote frisch zu beladen. Ich horchte auf ihren Gesang, der erschöpft und verhalten klang. Nur manchmal erhob sich eine Stimme, eine einzelne Stimme, in Wildheit und Freude. Wie viele Kakaosäcke brachten sie hier an Bord, auf unser kleines polnisches Schiff, und diese Arbeit reichte kaum aus zur wirklichen Freude eines Liedes. Sind diese Leute gewerkschaftlich erfaßt? Wieviel bekommen sie für den Tag ausgezahlt? Vielleicht von dem Mann, der vorhin vom Schiff gestiegen war? Ihr Lohn mag der achte Teil eines Liedes sein, verdüstert von Schwermut, und ich dachte auch, sie sind gezwungen, die Arbeit aufzuholen für alle, die ein leichteres Leben kennen.

Endlich, bei Abenddämmerung, wurden alle Boote endgültig heimgerudert. Man sah aus der Ferne die Palmsäume der Wälder. Zu unserem Schiff glänzten einzelne Lichter von Ranchos und Dörfern. Wir fuhren ab.

Unterwegs hieß es, die ›Norwid‹ fahre nicht nach Rio, sondern sofort nach Santos. Sie müsse dort noch Kaffee laden. Die Passagiere aus Rio würden alle nach Santos fahren und dort an Bord gehen. –

Durch irgendeinen Zufall war der Purser der Meinung gewesen, er müsse meine Eintragungen nachprüfen. Ich mußte mich deshalb in Santos noch einmal in die Reihe der Passagiere stellen, die dort zugestiegen waren. Sie werden sich erinnern, Hammer, daß Sie damals hinter mir standen.«

Ich sagte: »Ja, ich hörte auch, daß Sie Deutscher sind und in Rostock aussteigen werden.

In der Kajüte, die man mir zugewiesen hatte, lag schon der besoffene Pole. Er hatte alles versaut. Ich ging sofort hinaus, um mich zu waschen, und ich gebot dem Schiffsjungen, Ordnung zu schaffen.«

»Diesen Zwischenfall«, sagte Triebel, »haben Sie noch gar nicht erwähnt.«

»Weil er unwichtig ist. Sie, Triebel, waren scheinbar erfüllt von Glück über die Abfahrt, das heißt über die Seefahrt, die Ihnen bevorstand. So kam es mir wenigstens vor an diesem Tag. Ich fragte mich im stillen, wann ich endlich bei meiner Familie sein werde. Sie aber erzählten mir, daß Sie den Koch des Schiffes kennen, daß dieser sicher im letzten Moment auf den Straßenmärkten allerlei Früchte zusammengekauft hat. Ich glaube trotzdem, Sie fingen schon damals an, am ersten Tag, mir von Ihrer ersten Ankunft in Brasilien zu erzählen und von den Widerwärtigkeiten, die Sie dort als Schuljunge ausstehen mußten. Dann hat Ihnen das Mädchen beim Erlernen der Sprache geholfen.« –

»Nun ja, Hammer, so hat es angefangen. Jetzt muß ich aber noch etwas erzählen, was ich die letzte Nacht in Santos erlebte. Haben Sie etwas dagegen?«

»Wie soll ich. Ich bin froh, wenn Sie zu mir Vertrauen haben. Ich habe erst jetzt, bei dieser Fahrt, richtig gemerkt, wie selten es vorkommt, daß jemand wirklich Vertrauen zu mir hat und ich zum anderen. Woran das liegt, weiß ich nicht. An meiner eignen Verschlossenheit oder an einem Gefühl, das sich nach und nach eingenistet hat: Zuviel Vertrauen zum anderen haben, das hieße gewissermaßen sich ihm ausliefern, all seine eignen Gedanken und Gefühle verraten. Gott weiß, was daraus entstehen kann. Das ist natürlich eine schlechte, ganz unmenschliche Haltung.

Darum bin ich Ihnen dankbar, daß Sie ganz offen mit mir sprechen. Es hat mich zuerst erstaunt, jetzt tut es mir gut.«

»Was ich Ihnen aber jetzt noch erzählen will, das ist nicht gut.

Sagte ich Ihnen schon, daß man uns in Bahia plötzlich mitteilte, wir würden über Ilhéus fahren und dann nicht nach Rio, sondern nach Santos? Die Mitpassagiere kämen mit Flugzeug oder mit Bahn von Rio nach São Paulo und von dort herunter nach Santos auf unser Schiff. Die

Änderung würde stattfinden, weil wir in Santos Kaffee laden müßten.

Mir war es gleich. Es gab nichts, was mich besonders an Rio band.

Als wir in Santos angekommen waren, lief ich eine Stunde in den Straßen herum. Man füllte und verlud allerorts Kaffeesäcke. Der Boden knirschte unter den Schuhen von Kaffeebohnen.

Ich fragte nach einem guten Hotel, denn wir würden frühestens am nächsten Tag abreisen. Man empfahl mir sofort das Hotel ›Excelsior‹.

Das Hotel ›Excelsior‹ mit all seinen Nebengebäuden war eine Art Schloß. Es glänzte von verstaubter Pracht, von Kristalleuchtern, von vergoldeten Schlössern. In seinen Korridoren hing ein übler Geruch, ich glaube, noch aus der Kaiserzeit.

Da ich nur diese Nacht hier verbringen mußte und schon am folgenden Tag an Bord wollte, mietete ich in Gottes Namen eines dieser prunkvollen, stickigen Zimmer.

Wie ich durch die Hotelhalle ging, erblickte ich um einen großen runden Tisch herum, in dem seltsamen Zwielicht aus dem Geflimmer von Kristalleuchtern und dem noch nicht erloschenen Tageslicht, eine Gesellschaft schmuckbeladener junger und alter Damen. Sie waren vertieft in ein Kartenspiel. Die Jungen waren rot vor Erregung, die Alten waren ganz gelb. Einige hatten gefärbtes Haar, andere frisches, duftiges. Doch alle waren leidenschaftlich ins Spiel vertieft.

Nachdem ich mich in meinem Zimmer rasiert und gewaschen hatte und ein frisches Hemd angezogen, was alles zusammen vielleicht zwanzig Minuten dauerte, ging ich noch einmal durch dieselbe Hotelhalle, um zu Abend zu essen.

Es gab kein Zwielicht mehr. Sämtliche Kristallüster brannten. Die jungen und alten Frauen saßen noch immer um den Tisch. Ihrem ganzen Gehaben war anzumerken, daß das Spiel bald seinen Höhepunkt erreichen würde.

Ich wollte diesen Raum schnell verlassen. Ich sah durch ein Fenster, daß ein paar Tische im Garten gedeckt wurden. Auf der Schwelle stieß ich mit einem hochgewachsenen, sorgfältig gekleideten Menschen ungefähr meines Alters zusammen. Wir stutzten beide. Der andere faßte mich an den Schultern und rief: ›Wahrhaftig, Ernesto! Bist du für kurze Zeit hier, oder bist du gar hiergeblieben?‹

Mir kam Rodolfo seit unserer Schulzeit kaum verändert vor. Ein glattes Gesicht mit schönen, lachenden Zähnen. ›Ich war auf einem Kongreß‹, erwiderte ich, ›mein Schiff, ein polnisches Schiff, fährt in der Frühe ab.‹

Rodolfo sagte: ›Da müssen wir unbedingt zusammen einen Kognak trinken. Wart, ich hole meine Frau. Sie ist eine von den Hexen am Spieltisch.‹

Die Kartenspielerin, an die er sich wandte, ließ sich unwillig zu uns herüberziehen. ›Mein Kind, begrüße ihn zumindest.‹

Sie lächelte nur mit den Mundwinkeln. In ihrem reichen braunen Haar steckte, wie zufällig, ein einzelner großer perlenglitzernder Kamm. Das Kleid, das sich glatt ihrer hohen schmalen Gestalt, ihrem aufrechten Gang anlegte, war weiß wie ihre Haut. Mir wurde kalt. Maria Luísa stand vor mir. Ihre Augen blieben ernst, ja streng mitten auf mein Gesicht gerichtet, als wollte sie mir bedeuten, unter allen Umständen zu schweigen.

›Er fährt schon in der Frühe zurück‹, sagte Rodolfo, ›da meine ich, könnten wir uns ein wenig zusammensetzen.‹

Die Frau drehte ihm ihr Gesicht zu. ›Verzeih. Wir sind gerade in unserem Spiel an der allerspannendsten Stelle.‹

Als ich ihr Profil sah und den Klang ihrer Stimme hörte, war ich nicht mehr so sicher, diese Frau könnte Maria Luísa sein. Rodolfo hatte vielleicht eine zweite Frau gefunden, die seiner ersten, der Toten, ähnlich war.

Er sagte: ›Wir setzen uns an euren Tisch und gucken ein wenig zu.‹ –

›Unmöglich‹, sagte seine Frau mit etwas kindlicher, etwas zaghafter Stimme, die keiner Toten gehören konnte, sondern einer unbekannten Lebendigen. ›Das würde uns, wie man sagt, Unglück bringen.‹ –

Rodolfo sagte lachend: ›Diese verrückten Weiber sind jeden Nachmittag unzertrennlich von ihren Karten.‹ –

›Er übertreibt‹, sagte die Frau, ›glauben Sie ihm kein Wort.‹ – Und wie sie mir ihr Gesicht zuwandte und jetzt leise, aber entschieden sprach, überkam mich von neuem ein unerträgliches Herzeleid, ein furchtbar quälender Zweifel: Bist du Maria Luísa? – Ich sagte: ›Ich muß so früh wie möglich fort. Darum leben Sie beide wohl.‹

Rodolfo bedauerte den schnellen Abschied. Er hatte gehofft, wir würden den Kognak trinken und, wenn das Spiel beendet wäre, denn einmal mußte es ja beendet sein, zusammen zu Abend essen.

Wir gaben uns dann die Hand. – Die Frau, die Maria Luísa war oder nicht war, sah mich wieder fest an. Mich dünkte, mit der ganzen Trauer des schweren Abschieds. –

Ich hatte rasch meinen Plan geändert. Ich ging zurück in das stickige Zimmer. Ich warf mich über das Bett, und ich blieb ein paar Stunden liegen. Zwei Gedanken spielten fortwährend Wettlauf in meinem Kopf: Sie war es – sie war es nicht.

Kann sich denn ein Mensch so verändern, daß er am Kartentisch klebenbleibt nach unserer herrlichen Jugend? Er kann es. Warum nicht? Er kann sich vollkommen verändern in Rodolfos Gesellschaft. Dann hast du auch keinen Grund, ihr nachzutrauern. Vergiß sie. Wie soll ich je meine Tote vergessen? Sie war es gar nicht.

Als diese Frau den Kopf beugte unter dem großen Kamm, war sie mir fremd. –

Übrigens, bei meiner letzten Ankunft in diesem Land hat mich die Emma abgepaßt, um mir genau zu beschreiben, wie sie ertrunken ist, sozusagen durch meine Schuld, nach langem vergeblichem Warten. Die kaltherzige Eliza hat über solche Mutmaßung gelacht. Wenn sie auch den Tod bestätigt hat. Eliza behauptete, Maria Luísa sei mit Rodolfo glücklich geworden. Durch einen Unglücksfall sei sie ums Leben gekommen. Sie hätte aber ihr Leben genossen, bis zur letzten Stunde.

Wenn das stimmt, dann kann es freilich auch stimmen, daß sie völlig verändert war. Dann ist das Schlimmste möglich. Dann kann es auch möglich gewesen sein, daß Rodolfo, mit dem sie glücklich war, Emma an den Hafen geschickt hat, um mir einzureden, Maria Luísa sei tot, damit ich sie ja nicht noch einmal störe in ihrem vergnüglichen Leben. Ihre Freundin Eliza, die ohne Musik so kalt war wie Eis, hat mich genauso belogen. Denn daß es noch immer eine Spur Gefahr gab in der letzten hauchdünnen Erinnerung an unsere gemeinsame Jugend, das haben sie irgendwie verstanden. Nein, lieber das große Leid als eine Spur dieser Gefahr.

Hat Maria von dem Betrug etwas gewußt? Vielleicht sogar mitgeholfen? Auch das ist möglich. Ist nur ein Bestandteil der entsetzlichen, gemütszerreißenden Veränderung, in die sie geraten war. Vielleicht hat man ihr auch einfach meine Ankunft verschwiegen, ich stand doch auf der Liste der Gäste zu der Ausstellung in São Paulo. Weil man ahnte, daß sie das Wiedersehen nicht ertragen könnte. Noch nicht ertragen. Denn jetzt, heute abend, hat sie es ertragen.

Nein, diese Frau heute abend hat keine, fast keine Ähnlichkeit mit der richtigen Maria Luísa. Warum nur beherrscht mich dieser Zwang, ihr so furchtbar unrecht zu tun? Es ist nicht Rodolfo, es ist der Tod, auf den ich eifersüchtig bin. Ob sie abglitt von dem Felsgestein oder in einen Strudel geriet, freiwillig oder unfreiwillig. Was weiß ich. Und es ist auch nicht meine Sache, ewig danach zu forschen. – Da hat sie der Tod im Meer gepackt, und bevor er sie wegschwemmte, hat er ihren weißen, schmalen Körper ein paarmal gegen den Felsen geworfen. Aus Eifersucht, weil sie so schön war wie Jarema, die Göttin des Meeres, die es allein wagen darf, an dieser Stelle mit ihm zu spielen.

Mit hängendem Kopf, ein Gerinnsel aus Blut in einem Mundwinkel, die zerbrochenen Glieder ganz schlaff, so lag sie schließlich, die tote María Luísa, auf einem Tisch in der Halle. So hat es Emma beschrieben. Und die Menschen drängten herein, um die wunderbare Tote anzusehen, und der Tod knirschte noch einmal ohnmächtig mit seinen gemeinen Zähnen, auch aus Eifersucht.

Nein, das Weib mit dem glitzernden Kamm in der Hotelhalle war eine fremde Person.

Wenn sie es aber trotzdem war? Wenn sie sich den Kamm ins Haar gesteckt hätte? Emma kann mich belogen haben. Emma hat immer zu ihrer Herrschaft gehalten. Ganz zu schweigen von Eliza. Für die ist Lügen ein wahrer Genuß.

Auch kann Rodolfo dahintergekommen sein, daß wir wieder begannen, uns Liebesbriefe zu schreiben. Und seinem Charakter entsprechend und den Gesetzen des Landes, hätte sie nie zu mir fahren können. Und auch nicht zum zweitenmal heiraten. Da sie gezwungen war, bei ihm zu bleiben und in seinem Freundeskreis, mag sie gedacht haben: Wennschon, dennschon. Und sie hat alles aufgegeben. Jede Erinnerung an unser glückliches Leben. Sie ist versunken in dem bunten Schlamm, und sie hat sich so frisiert und gekleidet, daß er stolz auf sie sein konnte. –

Nein, nein. Ich tue meiner María Luísa ein furchtbares Unrecht an, ein Unrecht, unter dem ich selbst für immer leiden werde. Ein reicher Mann wie Rodolfo findet über kurz oder lang sogar die Frau mit dem Gesicht und dem Körper seiner toten Geliebten. Er findet sie, weil er die erste, die tote Frau gar nicht wirklich geliebt hat. Er hat ein bißchen Liebe gespielt. Ich war es, der sie liebte, deshalb kann sie für mich nicht tot sein. Ich kann es mir höchstens einen Augenblick vorstellen. Dann denke ich nur noch an unsere gemeinsame, blutlebendige Jugend. An etwas anderes will ich auch nicht mehr denken. Ich will nicht mehr. –

Wie lange, Hammer, sind wir denn bereits auf diesem Schiff?

Wie lange ist es her, daß ich im Hotel ›Excelsior‹ auf Rodolfo stieß und die Frau sah, die meiner María Luísa zum Verwechseln ähnlich war? Vielleicht war sie María Luísa? Vielleicht war sie's trotzdem? Nur furchtbar verändert. Gar nicht verändert und furchtbar verändert. In der schandbaren Umgebung, in die sie geraten war. Denn nichts ist unmöglich, Hammer, alles, alles ist möglich. Jede Art von Veränderung. Zum furchtbar Schlimmen, zum furchtbar Guten. Nein, doch nicht. Das ist nicht wahr.« –

Ich war jetzt selbst erregt. Ich rief: »Gewiß! Es ist nicht wahr. Und wenn Sie, Triebel, es selbst wissen, warum wühlen Sie dann immer wieder in der alten Geschichte?«

Triebel fuhr fort, in verändertem Ton, als ob er jetzt mich trösten müsse: »Man hört manchmal solche schiefen, fragwürdigen Sachen. Es muß aber im Innern des Menschen einen unverwüstlichen, zwar manchmal im Dunst, sogar im Schlamm verborgenen, dann aber wieder in seinem urspünglichen Glanz aufleuchtenden Kern geben. Es muß ihn geben. Das habe ich selbst entdeckt in dem letzten Brief, den mir María Luísa schrieb. Warum fange ich sogar hier auf dem Schiff von neuem zu zweifeln an? Ist es nicht eine Sünde, an María Luísa zu zweifeln? Sie ist endgültig tot. Und niemand kann sie zum Leben erwecken. Warum dieser Drang, ihr ein zweideutiges, unentschlossenes Leben anzudichten?«

Ich sagte: »Wir sind jetzt achtzehn Tage unterwegs. Bitte, Ernst Triebel, hören Sie endlich auf, sich mit dieser Sache zu quälen. Lassen Sie Ihre María tot sein. Sie werden die Frau auf keinen Fall wiedersehen. Ich bitte Sie inständig, machen Sie Schluß mit diesen sinnlosen Quälereien.«

Triebel schwieg eine Zeitlang. Dann sagte er: »Es ist viel kühler geworden. Man sieht schon lange keine Fliegenden Fische mehr. Heute nacht will uns Bartsch zeigen, daß das Kreuz des Südens endgültig abgerutscht ist in die südliche Ewigkeit und der Große Bär aufgestiegen in unsren eignen Himmel.«

Ich sagte: »Ich möchte sehr gern heute nacht mit euch den Sternenhimmel betrachten. Aber der Kapitän hat uns gerade heute, vielleicht zum letztenmal, zu einem Sliwowitz eingeladen. Und wissen Sie, was der kleine Koch versprach? Genau wie Sie ankündigten am ersten Tag: Er wird uns allen Äpfel braten. Denn die hat er aufgehoben für die Heimfahrt.«

»Das riecht so gut. Da freue ich mich schon drauf«, sagte Ernst Triebel. »Wir gehen dann erst nach dem Apfelessen mit Bartsch hinauf.«

Ich erzählte beim Essen Sadowski, was ich von Klebs über das Verhalten der Nonne erfahren hatte. Er zog ein mißtrauisches Gesicht. Ich sagte: »Sie haben gar keine Kinder?« – Er erwiderte schroff: »Was wissen Sie denn davon? Ich habe vielleicht in Argentinien eine schöne Polin zurückgelassen mit einem kleinen Mädchen.«

Nach dem Sliwowitz stand ich noch einmal mit Triebel unter der Treppe. Ich unterbrach ihn, als er von neuem beginnen wollte: »Jetzt kann ich nichts mehr hören von Ihren Zweifeln und Sorgen. Haben Sie mir nicht gesagt, Sie seien Arzt? Wollen Sie jedesmal, wenn ein Kranker in Gefahr ist, mit solchen Verzweiflungsausbrüchen kommen?«

Triebel sagte: »Ich kann nicht glauben, daß Sie, Hammer, die Wahrheit sagen. Sie wollen mich jetzt beruhigen, das ist alles. Sie reden mir ein, es sei gleichgültig, ob mich Maria betrogen hat oder nicht betrogen. So einfach liegen die Dinge nicht. In Ilmenau werde ich feststellen, ob sie mir geschrieben hat. Wenn sie mich liebt, ohne Angst vor den Folgen, dann will ich sie auffordern, sofort nach Rostock zu kommen.«

»Sie wird nicht kommen, mein lieber Triebel. Sie ist tot.«

»Das ist die Frage, die immer noch offenbleibt. Ich kann an ihren Tod nicht glauben.«

Triebel schwieg lange. Ich sagte schließlich: »Wir bräuchten jetzt Bartsch, um uns den nördlichen Sternenhimmel erklären zu lassen. Er spielt aber Schach mit dem polnischen Jungen.«

Wir gingen in unsere Kajüten. Ich war erstaunt, daß mein Kumpel fehlte. Da ich keine Lust hatte, mich schlafen zu legen, ging ich noch einmal an Deck. Als ich die Treppe hinaufstieg, fiel mir auf, daß der Kapitän Arm in Arm mit Woytek, wie Triebel und ich es uns angewöhnt hatten, auf Deck hin und her lief.

Später kam Woytek in unsere Kajüte. Er war noch unruhig, aber er schlief doch schneller ein als gewöhnlich. Wahrscheinlich hatte ihn der Kapitän beruhigt und ihm für die Zukunft gewisse Pläne vorgeschlagen.

Wir hätten wahrscheinlich beide einen vernünftigen Schlaf gefunden, aber man klopfte heftig an die Tür. Draußen standen Triebel und Bartsch. Sie holten uns herbei, weil das Leuchtfeuer der Bretagne zu sehen war, wie sie sagten, das erste Licht Europas. Wir stürzten hinaus, obwohl von dem Leuchtfeuer nur ein winziger Punkt aufglänzte. Ich weiß aber noch, daß uns alle eine tiefe, durchdringende Freude erfüllte, als wir den Leuchtturm der Bretagne erblickten. Wir konnten uns nicht einmal erklären, warum uns alle dieses Licht Europas plötzlich mit solcher Genugtuung erfüllte.

Nur für mich, Hammer, war es einigermaßen klar. Ich würde sehr bald meine beiden Kinder und meine Frau wiedersehen und meinen Arbeitsplatz. Dann konnte ich auch erzählen, trotz des Ärgers, den mir die rasche Abfahrt bereitet hatte, mit welchem Staunen man mich in Rio Grande do Sul empfangen hatte, weil wir blitzschnell dem Ruf unseres Kunden gehorcht hatten. Vor allem freute ich mich auf meine zwei kleinen Mädchen. Sie trugen Zöpfe mit Schleifen. Wie lustig wird es sein, ihr Gequatsche zu hören, halb wie Frösche, halb wie Vögel.

Woytek dachte sicher an sein Gespräch mit dem Kapitän. Auch für ihn war es gut, zurückzufahren. Der Kapitän hatte ihm eine vorläufige Arbeit in Gdynia versprochen und ihm geraten, gleichzeitig einen Seemannskursus zu besuchen, am besten denselben, den er schon einmal durchgemacht hatte, dann würde ihm kein Pech bei der Prüfung drohen. Wenn er das Examen bestanden hatte, würde er schnell eine entsprechende Stellung finden, und keiner seiner ehemaligen Kameraden oder seiner Verwandten würde gewahr werden, wo er sich inzwischen herumgetrieben hatte. Mit diesem Vorschlag war Woytek höchst einverstanden. Er hatte sich offensichtlich damit in seiner verdorbenen Zeit gequält.

Man sieht, wo auch immer, an dem Benehmen des Kapitäns, daß er für unser Schiff der richtige Mann war. Mir hatte es auch gefallen, daß er an Deck selbst seine Wäsche in der gemeinsamen Waschmaschine reinigte. Dann hatte er selbst alles aufgehängt. Der Mannschaft, obwohl sie dazu nichts äußerte, hatte das sicher auch gefallen. Die Nonne hatte sich stillschweigend ihre Wäsche von ihrer dünnen Gehilfin waschen lassen. Der Kapitän war ein starker, kräftiger Mensch. Freilich war auch die Nonne nicht mager und ausgezehrt.

Wir hatten alle das Gefühl, wir kämen immerfort auf das Licht zu. Das war aber eine Täuschung. Wir fuhren, im Gegenteil, aus dem Licht heraus zum Eingang des Ärmelkanals.

Bald würde der Leuchtturm im Tageslicht nutzlos werden. Der Erste Offizier, der begierig wie wir das erste Licht Europas verfolgte, sagte plötzlich: »Der Leuchtturm steht auf der Insel von Oussant am Eintritt zum Ärmelkanal. Weil es um die Insel herum alle möglichen Felsen gibt, die gefährlich sind für kleine Schiffe, zumal für Fischerboote, hat sich ein Sprichwort geprägt.« – Er sagte das Sprichwort auf französisch: »Qui voit Oussant, voit son sang«, und alle drängten sich um ihn, um die Übersetzung auf polnisch und deutsch zu hören: Wer Oussant sieht, sieht sein Blut.

»Hier wird uns nichts passieren«, sagte Bartsch, »wenn wir etwas später gefahren wären, wären wir in die Tagundnachtgleiche geraten. Da wäre unsre Fahrt wilder geworden.«

Triebel sagte: »Es wäre ein furchtbarer Zufall, wenn man mich noch einmal nach Brasilien einladen würde. Jetzt kann ich diesen Erdteil nie mehr wiedersehen.«

Ich sagte heftig: »Du hättest sowieso Maria Luísa nie mehr wiedergesehen, laß die Toten ihre Toten begraben.«

Er aber sagte: »Und wenn ich nun bei der Rückkehr einen Brief finde?«

»Dann verbrenne ihn.« –

Inzwischen waren die Nonne und ihre Gehilfin und das Sängerpaar zu uns getreten. Die Nonne sah sich das Leuchtfeuer mit Bewunderung an. Sie rief einige Sätze auf polnisch, vielleicht sogar auf lateinisch, die ihre Gefährten Wort für Wort wiederholten. Wahrscheinlich dankten sie alle zusammen Gott für die Ankunft.

Bartsch sagte: »Ausgezeichnet. Ohne Umwege. So kurz, wie es möglich war, haben wir diese Fahrt gemacht.«

»Mir immerhin kam es recht lange vor«, sagte Woytek in barschem Ton, wie er in diesen Tagen alles vor sich hin gebrummelt hatte.

In den folgenden Stunden kamen viele Art Tanker und Frachter und alle Art Schiffe verschiedener Größe von allen Seiten, man spürte den Drang zum Ärmelkanal.

»Wenn du wirklich zu Schiff gehst«, sagte plötzlich das kleine polnische Mädchen, »dann wirst du wie unser Vater Ingenieur.«

»Nein«, sagte der Junge störrisch. »Ich habe mir fest etwas Besonderes vorgenommen.« –

Bevor ihn die Erwachsenen fragten, was das Besondere sei, sagte der Kapitän: »Wir werden dich prüfen und herausfinden, zu was du taugst.«

Von einem Schiff mit polnischem Wappen, das sich uns stark genähert hatte, riefen die Leute verschiedene Sätze zu uns herüber. Ich glaube, diese Sätze hatten etwas Geweihtes, zum Beispiel: Dank für die Ankunft, und auch für den Leuchtturm danken wir, den wir jetzt vor uns sehen.

Bartsch wandte sich plötzlich scharf um. »Wir danken Ihnen, Herr Kapitän, und Ihrer ganzen Besatzung.«

Zuletzt hatte sich Triebel still verhalten. Auf einmal sagte er leise, was ihn gleichwohl in Bann hielt: »Und wenn sie das Land längst vor uns verlassen hat?«

Ich fuhr ihn heftig an: »Hör endlich auf. Sie ist tot. Was sonst. Ja. Im Meer ist sie umgekommen, wie du es mir beschrieben hast. Jetzt gönn ihr das, was wir ewige Ruhe nennen. Ich bitte dich herzlich, sprich nicht mehr von ihr.«

Der Erste Offizier sah uns an. Ich merkte, daß er den Zusammenhang solcher Geschichten leicht erriet, weil er sie oft auf seinen Fahrten hörte.

Der Tag, an dem wir durch den Kanal fuhren, war sonnig und klar. Es war Spätsommer. Das Sonnenlicht, um diese Stunde durch keinen Sturm zerzaust, lag leuchtend ruhig auf der gegenüberliegenden Küste. Und wenn uns auch viele Schiffe kreuzten, diese Küste kam uns erstaunlich nah vor. Wir betrachteten die vielstöckigen Warenlager, Geschäftshäuser und verschiedene Wohnungen. Wir erkannten sogar in diesem klaren, zerteilenden, weichen Licht einzelne Stockwerke mit ihren Veranden, auf denen Leute lagen oder Nachrichten abgaben und sich in Geschäften herumtrieben.

Die Küste schien uns anzuziehen, sie kam uns viel höher und steiler vor, als sie in Wirklichkeit war.

Bartsch rief aus: »Was für eine wunderbare Insel!« Denn wir hatten gar nicht das Gefühl, daß wir nur einen Vorsprung sahen. Wenn wir eine Bahn hätten benutzen können, wären wir bald auf flachem Land gefahren.

Sadowski fragte uns wieder aus, was wir von Joseph

Conrad gelesen hätten. Jetzt wollte er vor allem wissen, ob wir uns an die Beschreibung erinnern, in der die Römer diese mächtige Insel eingenommen, eine solche Küste bewältigt hätten.

»Darüber unterhalten sich in Conrads Buch die Leute auf einem Boot, das in unseren Tagen die Themse herunterfährt«, fügte Sadowski hinzu, »und die Leute wundern sich, wie wild auch hier einmal die Welt war.«

In meinem Innern war ich erstaunt, daß so ein Mensch wie Sadowski schon soviel gelesen hatte, und zugleich empfand ich Neid, denn wir als Jungens hatten dem Vater auf dem Feld geholfen und höchstens mal Fußball gespielt und fast nie gelesen. Doch dieser Sadowski war offenbar gut beschlagen auf vielen Gebieten.

Bartsch aber sagte zornig: »Wie die Deutschen die englische Besatzung von Dünkirchen abdrückten? Und wie ganze Stadtviertel von London unter den Luftangriffen verbrannten? Ist die Welt nicht wild geblieben?«

Inzwischen hatte sich der Kanal geweitet. Wir sahen in die Mündung der Elbe hinein. Wir hatten uns alle von der Kanalseite auf die Festlandseite des Schiffes gedrängt. Viele Art Schiffe schlugen ihren Weg tiefer und tiefer in das Festland, und ebenso viele Schiffe, von Hamburg aus, begannen ihre Seewege aufzuspüren.

Wir legten in Brunsbüttel-Koog an. Der Purser trat an einen jeden von uns mit seiner Liste. Auf der kurzen Strecke konnte man ohne Zoll kaufen, was man wollte. Ich wählte bunte, gestrickte kleine Jacken für meine Frau und meine Töchter.

Triebel saß allein, sogar abgerückt von seinen Bekannten. Er hatte die Arme auf dem Geländer gekreuzt und den Kopf in die Hände gestützt. Er sah hinaus in die Ebene, in die wir hineinfuhren. Der Anblick war ihm ungewohnt. Ich weiß nicht, ob er diese Fahrt zu Schiff durch grünes Ackerland schon einmal gemacht hat, und es war auch sonderbar, statt auf dem einsamen Meer in die hohen Wellen in Kornfelder zu tauchen.

Was Triebel über seine Jugend gesagt hat, das stimmt. Daran war kein falsches Wort. Reine, lügenlose Wahrheit war sein Bericht gewesen, ohne Zweifel. Mit diesem Kummer, fürchte ich, wird er so leicht nicht fertig werden. Nichts kann man so schwer überwinden wie die Leiden und Schmerzen, die man in seiner Jugend durchgemacht hat. Vergessen kann man sie niemals. Man behauptet meistens das Gegenteil. Man meint, das Leid aus jungen Jahren sei leicht zu vergessen. Das glaube ich nicht. Auch ich werde nie das Schwere vergessen, das ich in meiner Jugend erlebte, den Tod meines Lieblingsbruders und den hilflosen, langsamen Tod meines besten Freundes auf offenem Feld. Wie läßt sich denn solche Trauer wie die von Triebel überwinden? Sie beschwert für immer die Seele, und man wird vielleicht mit mir zürnen, weil ich glaube, das hat auch sein Gutes. In dieser sich ständig verändernden, weiterstrebenden Welt, in der wir jetzt leben, ist es gut, wenn etwas Festes in einem für immer erhalten bleibt, auch wenn das Feste ein unvergeßliches Leid ist. Weil er etwas Schweres erlebte, werden ihm all die Menschen begreiflich sein, die etwas Schweres erlebten. Und dieses »andere Menschen begreifen« wird seinem ganzen Leben nutzen und auch seiner Arbeit. –

Der Herbstnachmittag kam auf mit seinem blassen, genügsamen Licht. Ein schmaler, unfaßbarer Schatten legte sich vor mich hin. Jemand legte den Arm um meine Schultern. Ich ahnte sogleich, daß es Triebel sein mußte, der sein Alleinsein aufgab. Er sagte: »Ich bin froh, Hammer, daß ich Ihnen alles erzählt habe, was mir widerfahren ist. Mein Herz ist jetzt leicht, als hätte ich einen Stein nach dem anderen ins Meer geworfen. Jetzt freue ich mich auf daheim, will sagen, da es ja doch noch nicht richtig mein Daheim ist, sondern erst werden soll, auf die kleine Stadt Ilmenau und auf das Krankenhaus dort und auf meine Arbeit, die Versorgung meiner Patienten und meinen Bericht über die Konferenz in Bahia und die

Überbringung der Bücher, die ich erstanden habe. Ich freue mich sogar auf meinen Chefarzt und seine Familie und auf die kleine, stille, grauäugige Herta – wie gut, daß ich für jedes ein kleines, besonderes Geschenk im Koffer mitbringe. Es ist sogar möglich, Hammer, daß mich Herta in Rostock abholt.« –

Ich sagte: »Was Sie mir alles erzählten, hat mir die Reise ganz voll und reich gemacht. Sie dürfen jetzt nicht zu stark darauf bauen, daß diese Herta Sie in Rostock abholen wird. Es ist ein weiter Weg von Thüringen zur Ostsee.«

»Sie hat mir in einem Brief so eine Andeutung gemacht«, sagte Triebel, »sonst wär ich gar nicht auf diesen Gedanken gekommen. Ich würde mich freuen, ich erwarte sie aber nicht unbedingt.«

Es war inzwischen vollends dunkel geworden. Wir aßen langsam und ziemlich schweigsam zur Nacht. Wir hatten keine Lust zu trinken und anzustoßen. Alle legten sich frühzeitig schlafen.

Nach ein paar Stunden, als wir aufstanden, saß Triebel bereits wieder an seinem alten Platz. Er unterhielt sich mit Bartsch. Hier und dort im Geäst sah man schon einzelne Äpfel schimmern, goldene und rotgoldene, wie kleine Sonnen.

Band 5121 **Martin Andersen Nexö
Bornholmer Novellen**
Aus dem Dänischen übersetzt

262 Seiten
ISBN 3-7466-5121-2

Es sind Besessene, die Fischer und Bauern von Bornholm der Jahrhundertwende, besessen von der Liebe, vom Aberglauben, von Verbrechen, Geld oder Gott. Kopfüber springen sie in den Lebensstrudel hinein, denn die ungestüme Natur hat sie gelehrt, daß sie alles riskieren müssen, wenn sie eine Brise Glück erwischen wollen.

# A$^t$V

Band 5268

# Theodor Fontane
# Englischer Sommer

Reisefeuilletons

Auswahl und Nachbemerkung
von Gotthard Erler

230 Seiten
ISBN 3-7466-5268-5

Ob mit dem Steamer »Nixe« unterwegs oder auf seinem Lieblingsplatz hoch oben neben dem Omnibuskutscher, ob als gehetzter Fußgänger oder geruhsamer Wanderer, Fontane war vom Zauber Londons und von der Schönheit seiner idyllischen Umgebung immer wieder in den Bann geschlagen. Der spontane Eindruck verbindet sich mit dem historischen Rückblick, die Würdigung des Großartigen mit der augenzwinkernden Betrachtung so mancher Eigenheiten seiner Reisegefährten.

# At V

Band 5319  Hans Fallada
Altes Herz geht auf die Reise

Roman

303 Seiten
ISBN 3-7466-5319-3

Professor Gotthold Kittguß ist am Ziel seiner Wünsche: Nach 25 Lehrjahren wird er sich jetzt dem Studium der Heiligen Schrift widmen. Nichts und niemand soll ihn stören. Aber plötzlich steht ein fremder Junge in seinem Studierzimmer und bringt eine Botschaft: Rosemarie, das längst vergessene Patenkind, braucht Hilfe. Also macht sich Professor Kittguß auf die beschwerliche Reise. In Usadel, tief im Mecklenburgischen, findet er nur Zwietracht und Mißtrauen unter den Dorfleuten. Alles läuft schief, und um des Professors Rettungsmission stünde es schlecht, gäbe es nicht die Kinderbande und ihren Schwur, das Dorf zu bessern und Rosemarie, ihre Königin, aus der Tyrannei der Pflegeeltern zu befreien. Nach heftigen Turbulenzen und ungeahnten Verwicklungen wendet sich auf heitere Weise alles zum Guten, und auch des Professors Lebensweg erhält eine unvermutete Wendung.

# A*t*V

**Band 1286**

# Leon de Winter
# Nur weg hier!
# Die Abenteuer eines neuen Taugenichts

**Roman**

Aus dem Niederländischen von
Alexander und Christiane Pankow

Erstmals als Taschenbuch

206 Seiten
ISBN 3-7466-1286-1

**Nur weg hier!** denkt der neunzehnjährige arbeitslose Herman, als er nach zwei Monaten Knast wieder in das öde Wohnsilo seiner Eltern am Rande einer niederländischen Stadt zurückkehrt. Fasziniert von Eichendorffs »Aus dem Leben eines Taugenichts« erkennt er im sonnigen Italien das Ziel seiner Sehnsüchte. Also packt er seinen Rucksack und trampt los ...

# A$^t$V

Band 1289

Selim Özdogan
Es ist so einsam im Sattel,
seit das Pferd tot ist
Roman

176 Seiten
ISBN 3-7466-1289-6

»No risk – no fun« – eines Tages entdeckt Alex diese vier Worte in einer Kölner Kneipe. Man muß etwas riskieren können, sagt er sich, und obwohl er gerade das nicht riskieren wollte, ist er auf einmal in die Studentin Esther verliebt. Plötzlich ist es da, das Gefühl, unbesiegbar und unsterblich zu sein, jung und stark. Aber während er noch meint, ganz oben zu schweben, saust er schon abwärts ins Chaos der Einsamkeit, von nichts begleitet als coolness und seinen Sprüchen.

# A$^t$V

Band 1089  **Amy Myers**
**Mord in Cannes**
Kriminalroman

Aus dem Englischen von Helga Schulz

287 Seiten
ISBN 3-7466-1089-3

Chefkoch Auguste Didier hat beschlossen, endlich Urlaub zu machen – in Cannes, wo er zu Hause ist und wo nichts und niemand ihn zwingen kann, wieder Amateurdetektiv zu spielen. In London verfolgt Inspektor Rose unterdessen eine Serie aufsehenerregender Juwelendiebstähle: Jedes der sechs gestohlenen Schmuckstücke war in einem der sagenumwobenen Fabergé-Eier aufbewahrt, die der russische Großfürst Igor seinen Ex-Geliebten zu schenken pflegte. Ein einziges dieser unendlich kostbaren Kunstwerke ist noch übrig – das siebte Fabergé-Ei, und dessen Besitzerin hält sich zur Zeit ausgerechnet in Cannes auf ...

# A*t*V

Band 1185 **Joan Smith
Ein mörderisches
Wochenende**
Aus dem Amerikanischen
von Susanne Tschirner

304 Seiten
ISBN 3-7466-1185-7

Ein vornehmer englischer Landsitz zu
Beginn des 19. Jahrhunderts: Hier führt
die junge Jessica Greenwood ein ruhiges,
tugendhaftes Leben. Nur einmal im Jahr
gibt es Aufregung – wenn die vier Neffen
aus London kommen, um der reichen
Erbtante ihre Aufwartung zu machen.
Das letzte Treffen aber nimmt einen
gänzlich unerwarteten Verlauf: Die ehrwürdige alte Dame wird vergiftet. Als das
Testament verlesen wird, erlebt Jessica die
nächste unschöne Überraschung: Sie soll
innerhalb eines Jahres einen der Neffen
heiraten. Die junge Frau steht vor einem
Dilemma. Keiner der vier Herren ist
unattraktiv, aber einer von ihnen ist
der Mörder. Jessica beschließt, sich der
Aufklärung dieses Mordes anzunehmen.